세 마리 토끼 잡는

초등 독해력

F2

초등 6-2

NE능률

이 책을 쓴 분들_

강영주(지에밥 창작연구소 대표, 작가, 〈세 마리 토끼 잡는 독서 논술〉 대표 필자)
김경선(작가, 〈세 마리 토끼 잡는 독서 논술〉 집필)
한화주(작가, 〈세 마리 토끼 잡는 독서 논술〉 집필)
한현주(작가, 〈세 마리 토끼 잡는 독서 논술〉 집필)
이현정(작가, 〈세 마리 토끼 잡는 독서 논술〉 집필)

이 책을 만든 분들_

박지영(작가, 기획 편집자), 채현애(기획 편집자), 박정의(기획 편집자),
권정희(기획 편집자), 지은혜(기획 편집자), 강영주(작가, 기획 편집자)

세 마리 토끼 잡는 초등 독해력 F단계 2권

개정판 2쇄: 2022년 10월 25일
총괄 김진홍 | **기획 및 편집** 지에밥 창작연구소 | **연구원** 김지현, 김지연, 이자원, 박수희 | **펴낸이** 주민홍 | **펴낸곳** ㈜NE능률 | **디자인** 장현순, 윤혜민 | **그림** 우지현, 김잔디, 안지선, 김정진, 윤유리, 이덕진, 이창섭, 고수경, 장여회, 김규준, 김석류 | **영업** 한기영, 박인규, 이경구, 정철교, 김남준, 김남형, 이우현 | **마케팅** 박혜선, 이지원, 김여진 | **주소** 서울특별시 마포구 월드컵북로 396(상암동) 누리꿈스퀘어 비즈니스타워 10층 (우편번호 03925) | **전화** (02)2014-7114 | **팩스** (02)3142-0356 | **홈페이지** www.nebooks.co.kr | **ISBN** 979-11-253-3976-2 | 979-11-253-3979-3 (set)

제조년월 2022년 10월 제조사명 ㈜NE능률 제조국 대한민국 사용연령 13~14세(초등 6학년 수준)

독해 실력을 키워서 공부 능력자가 되어 보세요!

요즘 우리 아이들, 공부할 것이 참 많습니다. 국어, 영어, 수학, 과학, 사회, 예체능 어느 것 하나 소홀히 할 수 없지요. 그런데 **이런 교과 공부를 할 때 가장 기본이 되는 것은 설명하는 내용이 무엇인지 아는 것입니다.**

특히 학교 공부를 처음 시작하는 초등학생에게 글을 읽고 이해하는 일은 무엇보다 중요합니다. 즉, **독해는 도구 과목인 국어를 포함한 모든 과목에서 공부의 시작이자 끝**이라고 할 수 있지요. 초등학교 때 독해를 소홀히 하다 보면 중·고등학교에 가서 교과서를 읽으면서도 그 내용을 이해하지 못하는 일이 생기기도 합니다.

그런데 **독해력은 열심히 책만 읽는다고 해서 단기간에 키워지는 것이 아닙니다.** 꾸준히 글을 읽고 이해하는 연습을 지속적으로 해야 비로소 실력이 생겨나는 것이지요. 그러므로 독해 연습은 단계적이고 체계적으로 하는 것이 중요합니다.

〈세 마리 토끼 잡는 초등 독해력〉은 이 중요한 독해의 방법을 제시하기 위해 기획된 시리즈입니다. 이 시리즈의 구성 원리는 다음과 같습니다.

1. 초등학생이 교과를 이해하는 데 필요한 독해의 전 과정을 담는다

교과의 기본이 되는 글의 내용을 쉽게 이해하는 **사실 독해**로 시작하여 글 속에 숨은 뜻을 짐작하고 비판하는 **추론 독해**, 읽은 것을 발전시켜서 창의적으로 문제를 해결하는 **문제해결 독해**로 이어지는 독해의 전 과정을 체계적으로 담았습니다.

2. 다양한 독해 활동을 통해 독해를 쉽고 재미있게 학습하도록 구성한다

독해의 원리에 흥미롭게 다가갈 수 있도록 **주제 활동, 유형 연습, 실전 학습** 등을 다양하게 단계적으로 구성하였습니다. 이때 글과 쉽게 친해질 수 있도록 동화, 역사, 사회, 과학, 예술 분야의 전문 필진과 초등 교육 과정 전문 선생님들이 함께 노력을 기울였습니다. 이 밖에도 독해의 배경지식이 되는 어휘, 속담, 문법, 독서 방법 등의 읽을거리를 충분히 실었습니다.

〈세 마리 토끼 잡는 초등 독해력〉을 통해 토끼처럼 귀여운 우리 아이들이 **독해 자신감, 공부 자신감**을 얻어서 최고의 **독해 능력자**가 되기를 기대하며 응원하겠습니다.

세 마리 토끼 잡는 초등 독해력은 어떤 책인가요?

1 독해의 세 가지 원리를 한번에 잡는 책

독해는 글을 읽고 뜻을 이해하는 것입니다. 이때 뜻을 이해한다는 것은 글에 드러난 정보나 주제뿐 아니라 숨어 있는 글쓴이의 의도나 생략된 내용을 짐작하고 읽는 사람의 생각과 느낌을 고려한 표현까지 이해하는 것입니다. 〈세 마리 토끼 잡는 초등 독해력〉은 사실 독해, 추론 독해, 문제해결 독해로 이어지는 독해의 원리를 단계적으로 키워서 독해 능력을 한번에 완성하도록 도와줍니다.

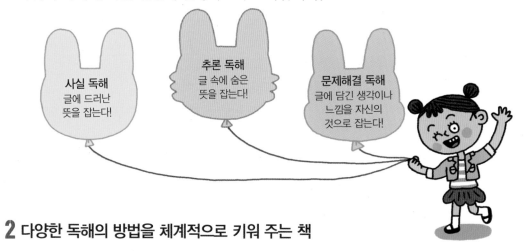

2 다양한 독해의 방법을 체계적으로 키워 주는 책

설명문, 논설문과 같은 글을 읽을 때와 시, 소설을 읽을 때는 글의 내용을 이해하는 방법이 조금 다릅니다. 비문학적인 글을 읽을 때에는 글에 나타난 정보나 사실을 이해하여 주제나 중심 생각을 파악해야 합니다. 그리고 문학적인 글을 읽을 때에는 주제뿐 아니라 글 속에 숨은 의미와 분위기, 표현 방법을 살펴서 글쓴이의 의도를 미루어 짐작하고 그에 대한 나의 생각이나 느낌도 표현할 수 있어야 합니다. 〈세 마리 토끼 잡는 초등 독해력〉은 독해 개념부터 유형 연습, 실전 문제에 이르기까지 독해의 다양한 방법을 체계적으로 키워 줍니다.

3 다양한 교과 관련 배경지식을 키워 주는 책

글을 읽을 때는 낱말이나 문장을 과목에 따라 다르게 해석해야 하는 경우가 있습니다. 국어 과목에서는 동요의 노랫말처럼 '달'을 보고 '토끼가 떡방아를 찧는 것 같다'고 표현하는가 하면 과학 과목에서는 '아무도 살지 않는 지구 주위를 돌고 있는 위성' 혹은 '지구와 가장 가까운 천체'로 보기도 합니다. 〈세 마리 토끼 잡는 초등 독해력〉은 과목에 따라 다른 의미로 해석되는 다양한 영역의 글을 수록하여 도구 과목인 국어 과목뿐 아니라 사회, 과학, 예체능 등 다양한 교과 공부에 도움을 주는 배경지식을 키울 수 있습니다.

4 다원적 사고 능력을 열어 주는 책

독해력은 글의 내용을 이해·감상하고 자신의 관점으로 비판하며 창의적으로 표현하는 능력을 갖추는 고차원의 사고 능력입니다. 특히 서술형과 같은 문제 유형으로 자신의 생각을 창의적으로 표현해야 하는 경우에는 이와 같은 능력이 더욱 요구됩니다. 〈세 마리 토끼 잡는 초등 독해력〉은 독해력을 구성하는 이해력, 구조 파악 능력, 어휘력, 추리·상상적 사고 능력, 비판적 사고 능력, 문제 해결 능력 등 다원적 사고 능력을 골고루 계발하여 어떠한 문제 상황도 너끈히 해결할 수 있도록 도와줍니다.

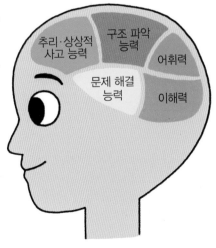

세 마리 토끼 잡는 초등 독해력은 어떻게 이루어져 있나요?

1 전체 구성

　〈세 마리 토끼 잡는 초등 독해력〉은 학년과 학기의 난이도에 따라 6단계 12권으로 이루어져 있습니다. 이 책은 각 학년과 학기의 학습 목표에 맞는 독해 주제를 단계적으로 구성하였으므로, 그에 맞게 선택해서 공부할 수 있습니다. 하지만 학습자의 독해 능력에 맞게 단계를 조정하여 선택하면 더욱 효과적입니다.

단계	A단계		B단계		C단계		D단계		E단계		F단계	
권 수	2권		2권		2권		2권		2권		2권	
단계 이름	A1	A2	B1	B2	C1	C2	D1	D2	E1	E2	F1	F2
학년-학기	1-1	1-2	2-1	2-2	3-1	3-2	4-1	4-2	5-1	5-2	6-1	6-2
학습일	각 권 20일											
1일 분량	매일 6쪽											

2 권 구성

　〈세 마리 토끼 잡는 초등 독해력〉 한 권은 학습 내용에 따라 PART1, PART2, PART3으로 나누어져 있습니다. 학년별 난이도에 따라 각 PART의 분량이 다릅니다.

PART1 **사실 독해** (1~2주 분량)

　독해에서 가장 기본이 되는 부분으로, 글에 나타난 정보나 사실을 확인하는 내용을 주로 담고 있습니다. 이 부분에서는 글에서 정보를 찾아보고, 이를 바탕으로 중심 내용과 주제, 글의 구조와 전개 방식을 파악하며 읽는 방법을 배웁니다. 이 부분은 독해를 처음 접하는 저학년일수록 분량이 많고, 고학년으로 갈수록 분량이 줄어듭니다.

단계별 구성(저학년은 분량이 많고, 고학년은 분량이 적습니다. A~C단계: 2주분 / D~F단계: 1주분)

A단계	B단계	C단계	D단계	E단계	F단계
글자, 낱말, 문장 알기	마음을 나타내는 말 알기	설명하는 글을 읽은 경험 찾기	생각이나 느낌이 다른 까닭 알기	기행문의 특성 알기	인물, 사건, 배경의 관계 알기

　독해 능력이 발전하는 부분으로, 글에 드러난 것을 파악하는 것을 뛰어넘어 글에 숨겨진 뜻을 짐작하고 비판하는 내용을 담았습니다. 이 부분에서는 글에 나타난 정보를 짐작해 보고 생략된 내용이나 숨겨진 주제, 글을 쓴 목적을 찾아보며 글을 읽는 방법을 익힙니다. 그리고 글에 드러난 관점이나 글쓴이의 주장과 근거, 표현 방법 등을 비판하며 읽는 방법도 배웁니다. 이 부분은 저학년일수록 분량이 적고, 고학년으로 갈수록 분량이 늘어납니다.

단계별 구성(저학년은 분량이 적고 고학년은 분량이 많습니다. A~C단계: 1주분/ D~F단계: 2주분)

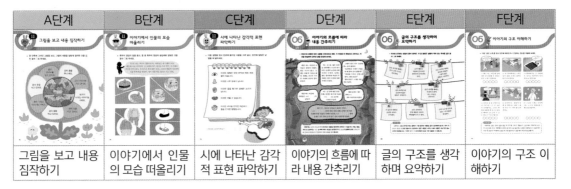

A단계	B단계	C단계	D단계	E단계	F단계
그림을 보고 내용 짐작하기	이야기에서 인물의 모습 떠올리기	시에 나타난 감각적 표현 파악하기	이야기의 흐름에 따라 내용 간추리기	글의 구조를 생각하며 요약하기	이야기의 구조 이해하기

PART 3 문제해결 독해 (1주 분량)

　글의 내용을 자신의 상황에 창의적으로 적용하는 고차원적 독해 능력을 키우는 부분입니다. 이 부분에서는 글에서 감동적인 부분을 찾아 글쓴이의 마음에 공감하고, 글을 읽고 난 감동을 표현하며 읽습니다. 글에 나타난 다양한 문제 상황과 해결 방법을 나의 생활에 적용하며 창의적으로 읽는 방법을 배웁니다.

단계별 구성(저학년과 고학년 같은 분량입니다. A~F단계: 1주분)

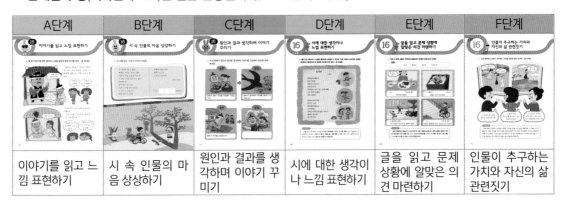

A단계	B단계	C단계	D단계	E단계	F단계
이야기를 읽고 느낌 표현하기	시 속 인물의 마음 상상하기	원인과 결과를 생각하며 이야기 꾸미기	시에 대한 생각이나 느낌 표현하기	글을 읽고 문제 상황에 알맞은 의견 마련하기	인물이 추구하는 가치와 자신의 삶 관련짓기

세 마리 토끼 잡는 초등 독해력 1일 학습은 **어떻게** 짜여 있나요?

개념 활동 재미있게 활동하며 독해의 원리를 익힙니다 (2쪽)

개념 활동

매일 익힐 독해의 개념을 재미있는 활동과 간단한 문제로 알아볼 수 있습니다. 퀴즈, 미로 찾기, 색칠하기, 사다리 타기, 만들기 등 다양하고 재미있는 활동을 통해 독해의 원리를 입체적으로 배울 수 있습니다.

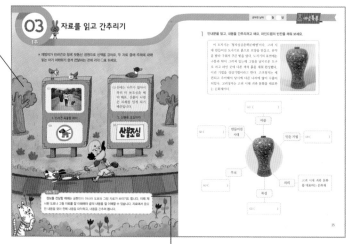

주제 탐구

개념 활동을 하며 살펴본 독해의 원리로 학습 주제를 살펴볼 수 있습니다. 이곳에서 앞으로 공부할 주제를 한눈에 확인할 수 있습니다.

독해력 활짝 짧은 글로 유형을 연습하며 독해력을 넓힙니다 (2쪽)

유형 설명

주제와 관련된 여러 유형을 나누어 핵심 평가 요소를 확인합니다.

유형 문제 연습

다양한 유형을 익힐 수 있는 독해 문제가 제시되어 있습니다.

관련 교과명

지문과 관련된 교과명이 표시되어 있습니다.

짧은 글 독해

유형과 관련 있는 짧은 글을 읽으며 문제의 출제 의도를 파악합니다.

독해력 쑥쑥 긴 글로 실전 문제를 풀며 독해력을 키웁니다 (2쪽)

글의 개관

글의 종류, 특징, 중심 내용, 낱말 풀이 등으로 글에 대한 이해를 돕습니다.

긴 글 독해

시, 동화, 소설, 편지, 일기, 설명문, 논설문 등 다양한 갈래의 글이 수록되어 있습니다.

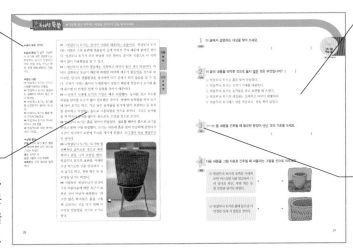

실전 문제

이해, 구조, 어휘, 추론, 비판, 문제해결 등과 관련된 다양한 실전 문제가 수록되어 있습니다.

핵심 문제

해당 주제의 핵심 문제는 노란색 별로 표시되어 있습니다.

독해 플러스 독해력을 돕는 배경지식을 알아봅니다

한 주 동안의 학습을 마무리하면서 독해와 관련된 배경지식을 살펴봅니다. 어휘, 속담, 고사성어, 문법, 독서의 방법 등 독해에 꼭 필요한 내용을 재미있는 만화를 통해 익히고, 간단한 문제로 확인해 봅니다.

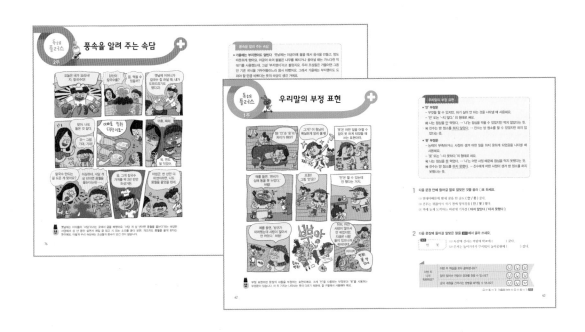

세 마리 토끼 잡는 초등 독해력 이렇게 공부해요

1 매일매일 꾸준히 공부해요

〈세 마리 토끼 잡는 초등 독해력〉은 매일 6쪽씩 꾸준히 공부하는 책이에요. 재미있는 개념 활동으로 시작해서 학교 시험에 도움되는 실전 문제에 이르기까지 지루하지 않게 공부할 수 있지요. 공부가 끝나면 '○주 ○일 학습 끝!' 붙임 딱지를 붙여 보세요.

2 지문에 실린 책이나 교과서를 찾아 읽어 보아요

하루 공부를 마치고 나면, 본문 지문에 나온 책이나 교과서를 찾아 읽어 보세요. 본문에는 책의 전권을 싣기 힘들기 때문에 가장 대표적인 부분을 발췌했기 때문이지요. 본문을 읽다 보면 뒷이야기가 궁금해지거나 교과 내용이 궁금해져서 자연스럽게 찾아 읽게 될 거예요. 이 과정을 거듭하다 보면 독해 능력자가 될 수 있답니다.

3 지문에 실린 모르는 내용을 사전이나 인터넷을 찾아 읽어 보아요

독해 지문이 술술 읽히지 않는다면 낱말이나 문장을 이해하지 못하는 것입니다. 모르는 낱말이나 어구, 관용 표현 등을 국어사전으로 찾아보고, 비슷한말로 바꾸어 보며 내용을 온전히 자신의 것으로 만들어 보세요. 그리고 더 알고 싶은 것은 책이나 인터넷 백과사전을 검색하며 깊이 있게 공부해 보세요.

한 주 학습표	월	화	수	목	금	토
	매일 6쪽씩 학습하고, '○주 ○일 학습 끝!' 붙임 딱지 붙이기					주요 내용 복습하기

세 마리 **토**끼 잡는 초등 **독해력**

F2 초등 6-2

주	일차	유형	독해 주제	교과 연계 내용
1주	1	PART1 (사실 독해)	글의 종류에 따른 읽기 방법 알기	[도덕 6학년] 나눔과 봉사의 실천 방법 익히기
	2		인물이 추구하는 삶의 가치 알기	[사회 6-2] 지구촌 환경 문제를 해결하기 위한 노력 알기
	3		여러 가지 관용 표현의 뜻 알기	[사회 5-2] 대한민국 임시 정부의 노력 알기
	4		글쓴이의 관점 알기	[국어 6-2] 글쓴이의 생각을 파악하는 방법 찾기
	5		글쓴이의 주장 찾기	[도덕 6학년] 올바르게 산다는 것의 중요성 알기
2주	6	PART2 (추론 독해)	시의 표현 기법, 반어와 역설	[중학 국어] 문학적 표현 방법 알기
	7		여러 가지 읽을거리를 읽고 글쓴이의 생각 파악하기	[국어 6-2] 글을 읽고 글쓴이의 생각 파악하기
	8		주장에 대한 근거가 타당한지 판단하기	[사회 6-2] 지구촌 갈등의 원인과 문제점 알아보기
	9		논설문에 활용된 자료의 적절성 판단하기	[사회 6-2] 문화적 편견과 차별이 없는 미래를 만들기 위한 노력 알기
	10		기사문을 읽고 글쓴이의 생각 파악하기	[도덕 5학년] 인권을 침해하는 갈등 분석하기
3주	11		매체 자료 활용하기	[사회 5-2] 유교 질서를 바탕으로 한 사회 모습 알기
	12		광고에 나타난 표현의 적절성 파악하기	[국어 6-2] 광고 표현의 적절성 판단하기
	13		뉴스에 나타난 정보의 타당성 파악하기	[과학 5-2] 환경 오염이 생물에 미치는 영향 알기
	14		글에서 고쳐 쓸 부분 파악하기	[도덕 6학년] 공정한 사회를 위한 노력 알기
	15		기행문 읽기	[국어 5-1] 기행문 쓰는 방법 알기
4주	16	PART3 (문제해결 독해)	인물의 삶과 나의 삶 관련 짓기	[사회 5-2] 임진왜란의 과정과 극복하기 위한 노력 살펴보기
	17		인물과 자신의 삶을 비교하며 작품을 읽고 자신의 생각 쓰기	[국어 6-2] 인물이 추구하는 삶과 자신의 삶을 비교해 글쓰기
	18		글쓴이의 생각과 자신의 생각을 비교하며 글 읽기	[사회 5-2] 영조와 정조의 개혁 정책 알아보기
	19		자신의 생각과 다른 사람의 생각 비교하기	[국어 6-2] 자신의 생각과 상대의 생각을 비교하며 토론하기
	20		자신의 경험을 떠올리며 작품 감상하기	[국어 6-2] 자신의 경험을 떠올려 작품 읽기

PART 1

사실 독해

글에 드러난 정보를 찾아보고 이를 바탕으로 중심 내용과 주제,
글의 구조와 전개 방식 등을 파악하며 읽는 방법을 배워요.

contents

01
글의 종류에 따른 읽기 방법 알기

1주

★ 다음과 같은 꿈을 가진 친구들이 읽어야 할 글을 사다리를 타고 가서 찾아보세요.

(1) 나는 우주 비행사가 되고 싶어. 그래서 우주여행의 역사에 대해 알고 싶어.

(2) 나는 시인이 되고 싶어서 감정을 풍부하게 하는 책을 많이 읽고 싶어.

(3) 나는 마음이 따뜻한 의사가 되고 싶어. 훌륭한 의사에 대한 이야기를 읽고 싶어.

① 재미나 감동을 주는 글

② 깨달음을 주는 글

③ 정보를 알려 주는 글

주제탐구

글의 종류에 따라 글을 읽는 방법도 달라집니다. 시나 이야기는 재미나 감동을 느끼며 읽고, 설명문은 새롭게 안 정보를 파악하며 읽습니다. 논설문이나 연설문은 글쓴이의 주장과 근거를 파악하며 읽고, 전기문이나 훈화는 배울 점이나 깨달은 점을 생각하며 읽습니다.

1 다음 글을 읽는 방법에 알맞게 빈칸에 알맞은 낱말을 보기 에서 골라 쓰세요.

보기

재미   정보   교훈   시   배울   설명문

(1) (   )을/를 얻기 위한 글을 읽을 때: (   ), 기사문, 보고문 등은 글에 제시된 정보를 정리하며 읽는다.

인간의 날고 싶은 욕망은 비행과 로켓 기술의 발전을 가져왔다. 1957년에는 소련의 인공위성 스푸트니크호가 인류 최초로 지구 궤도를 돌았다. 그리고 1969년 미국의 암스트롱은 달에 착륙하여 역사적 발자국을 내딛었다.

(2) (   )(이)나 감동을 얻기 위한 글을 읽을 때: (   ), 이야기 등에 나타난 재미있는 부분, 감동을 주는 부분을 찾으며 읽는다.

사과

윤동주

붉은 사과 한 개를
아버지, 어머니
누나, 나 넷이서
껍질째로 송치까지
다 나눠 먹었소.

(3) (   )을/를 얻기 위한 글을 읽을 때: 전기문, 훈화 등은 (   ) 점이나 본받을 점을 생각하며 읽는다.

허준은 제자들에게 말했다.
"사람들이 공경하지 않음을 근심하지 말고 오직 내 몸이 수양되지 못함을 근심하라. 집안이 창성하지 않음을 근심하지 말고 오직 덕을 쌓지 못함을 근심하라."

유형 1 설명문을 읽는 목적 파악하기

아이스크림의 유래와 발전 과정에 대한 정보를 알려 주는 글을 읽고, 글을 읽는 목적을 짐작해 보는 문제입니다.

고안되었습니다 연구하여 새로운 안이 나왔습니다.
감미료 설탕, 물엿 등 단맛을 내는 데 쓰는 재료를 통틀어 이르는 말.

1 이 글을 읽는 목적으로 가장 알맞은 것은 무엇입니까? (   )

실과

> 아이스크림은 1550년경 이탈리아에서 처음으로 고안되었습니다. 이때에는 얼음덩어리가 그대로 있는, 현재의 셔벗과 같은 것이었습니다. 현재와 같이 크림에 감미료를 넣은 부드러운 아이스크림은 1774년 프랑스 왕실의 한 요리사에 의해 처음 만들어졌습니다. 처음에는 이것을 크림아이스라고 불렀으나, 그 뒤 크림과 함께 농축유·연유·분유 등 우유에 수분을 더한 재료로 냉동 제조 기계에서 대량 생산하게 되면서 아이스크림으로 불리게 되었습니다. 아이스크림은 현재 많은 사람들이 가장 즐겨 먹는 간식으로 손꼽히고 있습니다.

① 정보를 얻기 위해서   ② 재미를 얻기 위해서
③ 감동을 얻기 위해서   ④ 교훈을 얻기 위해서
⑤ 글쓴이의 주장을 살피려고

유형 2 시를 읽는 방법 알기

시를 읽는 방법을 알아보는 문제입니다.

손때 오랫동안 쓰고 매만져서 길이 든 흔적.
내음 코로 맡을 수 있는 나쁘지 않거나 향기로운 기운.

2 이 글을 읽는 방법으로 알맞지 <u>않은</u> 것에 ○표 하세요.

국어

엄마의 장바구니

엄기원

엄마 손때 묻은 장바구니
시장 갈 때마다
엄마 생각을 가득 담고 나간다.
시장에서 좁은 골목길
돌고 돌면서
단골 아줌마 김칫거리도 한 단 담기고
　시골 할머니 산나물도 한 줌 담기고

바다 내음 비릿한
꽁치 두어 마리도
구석 자리에 앉힌다.

(1) 재미있는 부분을 생각하며 읽는다.   (   )
(2) 감동을 주는 부분을 생각하며 읽는다.   (   )
(3) 말하는 이의 주장과 근거가 타당한지 살핀다. (   )

3 **이 글을 읽는 방법을 알맞게 말한 친구에 ○표 하세요.**

국어

유형 3 전기문 읽는 방법 알기

장기려 박사에 대한 일화를 읽고, 전기문을 읽는 방법을 파악합니다.

모내기 못자리에서 기른 모를 본논에 옮겨 심는 일.
외면할 어떤 사상이나 이론, 현실, 사실 따위를 인정하지 않고 모른 척할.

장기려 박사는 가난한 환자를 돌보며 사랑을 실천한 의사입니다.

어느 날 가난한 농부가 아파서 장기려 박사의 병원에 입원하였습니다. 농부는 건강을 회복하였지만 병원비가 없어서 퇴원할 수 없었습니다.

"박사님, 이제 곧 모내기를 해야 하는데 병원비가 없어서 집으로 돌아갈 수 없습니다. 병원비는 제가 농사를 지어서 번 돈으로 갚을 테니 부디 퇴원을 시켜 주십시오."

장 박사는 농부의 딱한 사정을 외면할 수 없었습니다.

"흠, 어쩔 수 없구려. 내가 밤에 뒷문을 열어 줄 테니 도망가세요."

그날 밤, 장 박사는 직원들이 퇴근한 뒤 병원에 홀로 남아 환자에게 뒷문을 열어 주었습니다. 그리고 텅 빈 농부의 주머니에 집에 갈 차비를 넣어 주었습니다. 농부는 장 박사의 따뜻한 마음에 눈물을 흘리며 집으로 돌아갔습니다.

다음 날 병원이 발칵 뒤집혔습니다.

"원장님, 106호 환자가 간밤에 사라졌습니다. 어쩌지요?"

직원이 놀란 눈으로 달려오자 장 박사는 빙그레 웃으며 말했습니다.

"다 나은 환자를 마냥 붙들어 놓을 순 없지요. 한창 바쁜 농사철인데, 안 그런가요?"

직원은 영문을 몰라 어쩔 줄 모르다가 장 박사의 환한 미소를 보고 고개를 끄덕이며 함께 방긋 웃었습니다.

(1) 인물의 말과 행동을 보고 배울 점을 살피며 읽었어.

(2) 장기려 박사와 관련된 정보가 정확한지 찾아 가며 읽었어.

(3) 글쓴이가 자주 사용하는 낱말에 집중하며 읽었어.

●글의 종류 설명문

●글의 특징 구체적인 사례를 들어 착한 사마리아인의 법을 설명하고 있습니다.

●중심 내용
1문단 착한 사마리아인의 법이 우리나라와 다른 나라에서 어떻게 시행되고 있는지 살펴봄.
2문단 착한 사마리아인의 법은 성경에서 유래되어 프랑스, 덴마크, 이탈리아 등에서 법률로 처벌하고 있음.
3문단 우리나라를 포함한 많은 나라에서는 도덕을 법으로 정하는 것을 꺼려서 착한 사마리아인의 법을 도입하지 않고 있음.

●낱말 풀이
역무원 철도역에서, 안내·매표·개찰·표를 받는 일 따위의 일을 맡아보는 사람.
대합실 공공시설에서 손님이 기다리며 머물 수 있도록 마련한 곳.
노숙인 길이나 공원 등지에서 한뎃잠을 자는 사람.
선고했다 공판정에서 재판장이 판결을 알렸다.

지문 ★★☆

낱말 ★★★

영하 10도가 넘은 어느 추운 겨울 밤, 기차역 역무원이 기차역 대합실에서 술에 취해 잠자던 노숙인을 내보내서 사망하게 했다면 유죄일까, 무죄일까? 몇 년 전 이 사건으로 재판이 열린 적이 있다. 법원은 이 역무원에게 무죄를 선고했다. 도덕적으로 볼 때에는 마땅히 비판받을 행동이지만 법을 어긴 것은 아니라는 이유에서였다. 이와 같은 경우에 적용되는 착한 사마리아인의 법이 우리나라와 다른 나라에서 어떻게 시행되고 있는지 살펴보기로 하자.

착한 사마리아인의 법은 성경에서 유래된 것으로, 위험에 처한 사람을 구할 수 있음에도 불구하고 내버려 두는 비도덕적인 행위를 법으로 처벌하는 것을 말한다. 몇몇 나라에서는 도움이 필요한 사람을 도와주지 않는 행위를 처벌하기도 한다. 프랑스는 위험에 처한 사람을 구조할 수 있는데 일부러 구해 주지 않은 경우 5년 이하의 징역에 처하거나 벌금을 물게 한다. 이러한 입법의 예는 프랑스 형법 제63조 제2항에서 찾을 수 있다. '위험에 처해 있는 사람을 구해 주어도 자신이나 제3자에게 위험이 없는데도 도와주지 않는 자는 3개월에서 5년까지의 징역과 7만 5천 유로의 벌금을 물거나 이 둘 중 한 가지를 받게 된다.'라고 명시하고 있다. 그리고 덴마크, 이탈리아, 노르웨이 등에서도 법률로 처벌하고, 핀란드와 터키는 벌금에 처한다.

그런데 우리나라를 포함한 많은 나라에서 착한 사마리아인의 법을 도입하지 않고 있다. 그 까닭은 무엇일까? 인간으로서 당연히 지켜야 할 도리인 도덕을 법으로 정하는 것을 꺼리기 때문이다. 즉 어려움에 처한 사람을 도와주지 말라는 뜻이 아니다. 어려운 사람을 도와주는 것은 법이 아니라 양심에 따라 자연스럽게 해야 할 일이라고 생각했기 때문이다.

16

1 이 글에서 설명하는 대상은 무엇입니까? (   )

① 역무원이 할 일

② 응급 조치 방법

③ 착한 사마리아인의 법

④ 선한 이웃이 되는 방법

⑤ 핀란드에서 착한 사마리아인의 법을 제정한 까닭

2 도움이 필요한 사람을 도와주지 않은 사람을 벌금에 처하는 나라를 <u>두 군데</u> 고르세요. (   )

① 터키   ② 덴마크   ③ 핀란드

④ 노르웨이   ⑤ 이탈리아

3 우리나라에서 착한 사마리아인의 법을 도입하지 않는 까닭은 무엇인지 기호를 쓰세요. (   )

> ㉮ 지키기 어려운 법이기 때문이다.
> ㉯ 도움이 필요한 사람이 너무 많기 때문이다.
> ㉰ 인간으로서 당연히 지켜야 할 도리인 도덕을 법으로 정하는 것을 꺼리기 때문이다.

4 이 글을 읽는 방법을 알맞게 말한 친구에 ○표 하세요.

(1) 감동을 주는 부분을 찾으며 읽었어.

(2) 말의 재미와 아름다움을 느끼며 읽었어.

(3) 글에서 알려 주는 정보를 정리하며 읽었어.

02 인물이 추구하는 삶의 가치 알기

★ 이 글을 읽고 페인트공이 추구하는 가치를 나타내는 낱말을 모두 찾아 ○표 하세요.

한 남자가 배에 페인트가 벗겨지고 구멍이 난 것을 발견했어요. 남자는 페인트공을 불러 배를 칠해 달라고 했어요. 페인트공은 어찌 된 일인지 밤늦도록 땀을 흘리며 일을 했어요.

"쯧쯧, 저렇게 간단한 일을……. 참 손이 더딘 사람이군!"

이듬해 봄, 남자는 배를 수리해야 한다는 것을 까맣게 잊었어요. 그래서 두 아들이 배를 끌고 호수로 나가는 것을 허락했지요.

얼마 뒤 남자는 배에 구멍이 났던 사실이 떠올라 호수로 정신없이 달려갔어요. 다행히 두 아들은 무사했어요. 페인트공이 배의 구멍을 미리 수리해 놓았던 거예요.

남자는 너무 고마워서 페인트공을 찾아갔어요.

"당신이 배에 난 구멍을 고쳐 놓아서 두 아들의 목숨을 구할 수 있었어요. 고맙습니다."

"뭘요, 구멍 난 배를 고치는 것은 제가 당연히 해야 할 일인걸요."

주제 탐구

인물이 처한 상황에서 한 말이나 행동에는 그 인물이 추구하는 가치가 담겨 있습니다. 인물이 추구하는 가치를 알면 인물이 추구하는 삶을 파악할 수 있습니다.

1 페인트공이 처한 상황으로 알맞은 것을 찾아 기호를 쓰세요. (　　)

㉮ 배를 타고 바다로 나가야 한다.

㉯ 아이를 돌보아야 한다.

㉰ 배의 벗겨진 부분에 페인트를 칠해야 한다.

㉱ 물에 빠진 사람을 구해야 한다.

2 페인트공이 한 행동을 알맞게 말한 친구에 ○표 하세요.

(1) 배에 페인트칠을 하고 배에 난 구멍도 고쳐 놓았어.

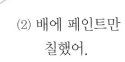

(2) 배에 페인트만 칠했어.

(3) 남자에게 배를 수리해야 한다고 알려 주었어.

3 페인트공이 중요하다고 생각하는 가치에 ○표 하세요.

(1) 자신이 할 일에 최선을 다하는 것이 중요하다.　　　　　　(　　)

(2) 자신에게 이익이 되는 일을 하는 것이 중요하다.　　　　　(　　)

(3) 사람의 목숨보다 정당한 대가를 받고 일하는 것이 중요하다.　(　　)

1 다음은 사나이와 장님 가운데에서 누가 처한 상황인지 각각 쓰세요.

국어

> 한 사나이가 두려움에 떨며 어두운 밤길을 걷고 있었다. 그런데 맞은편에서 등불을 들고 걸어오는 사람을 발견했다. 놀랍게도 그 사람은 앞을 보지 못하는 장님이었다.
> "당신은 앞을 못 보는 분인데 등불이 무슨 소용이 있습니까?"
> 사나이가 묻자 장님이 입가에 미소를 지으며 대답했습니다.
> "맞아요. 등불이 있다 해도 저에게는 아무 소용이 없습니다. 그러나 당신처럼 앞이 보이는 사람들이 저를 발견할 수 있지요. 그러면 먼저 보고 저를 피할 수 있어서 우리는 서로 부딪치지 않겠지요. 당신이 등불 때문에 어두운 곳에서 저를 발견했던 것처럼 말이죠."
> 사나이는 고개를 끄덕였다.

(1) 두려움에 떨며 어두운 밤길을 걷고 있다.   (   )

(2) 다른 사람을 비춰 주려고 등불을 들고 걷고 있다.   (   )

2 베토벤이 추구하는 가치가 가장 잘 드러난 부분의 기호를 쓰세요. (   )

음악

> ㉠베토벤은 새로운 음악을 위해 수도 없이 이사를 다녔어요. ㉡악상이 떠오르지 않으면 이 마을에서 저 마을로 이사를 가곤 했지요.
> ㉢그날도 베토벤은 간단한 이삿짐을 꾸려 마차를 타고 새로운 곳으로 향했어요. 한참 마차를 달리던 중 마부는 깜짝 놀랐어요. 조금 전까지 마차 안에 있던 베토벤이 보이지 않았던 거예요.
> "아니, 이 작곡가 양반이 어디 간 걸까?"
> 마부가 숲속 한가운데쯤 왔을 때였어요. ㉣그곳에서 연필을 든 채 미친 사람처럼 춤을 추는 베토벤을 발견했어요. 마부가 베토벤의 어깨를 흔들자 베토벤이 대답했지요.
> ㉤"음악이 있는 곳은 어디든 내 집이지요."
> 마부는 그저 웃을 수밖에 없었어요.

3 유관순이 추구하는 삶의 가치를 알 수 있는 낱말은 무엇입니까? (   )

유형 3 인물이 추구하는 삶의 가치를 나타내는 말 알기
유관순이 처한 상황에서 유관순의 말과 행동을 보고 유관순이 추구하는 삶의 가치를 찾아보는 문제입니다.

부당함 이치에 맞지 아니함을 이름.

> 유관순은 일본 판사가 있는 법정에 서게 되었다.
> 유관순은 판사를 노려보며 말했다.
> "나는 대한 사람이다. 대한 사람이 왜 왜놈에게 재판을 받아야 하느냐! 너희들은 나를 재판할 권리가 없다."
> 그리고 유관순은 감옥에서도 틈만 나면 만세를 부르며 대한 제국이 독립국임과 일본 침략의 부당함을 주장했다. 이 때문에 모진 고문을 받으면서도 유관순은 옥중 만세 운동을 멈추지 않았다.

① 일본   ② 법정   ③ 독립
④ 판사   ⑤ 헌병대

4 ㉠으로 알 수 있는, 콜럼버스가 추구하는 삶은 무엇입니까? (   )

유형 4 인물이 추구하는 삶의 가치 알기
콜럼버스의 말을 보고 콜럼버스가 추구하는 삶의 가치를 파악합니다.

비아냥거렸다 얄밉게 빈정거리며 자꾸 놀렸다.

> 콜럼버스가 신대륙을 발견하고 돌아오자 그를 시기하는 사람들이 많았다.
> "콜럼버스, 자네가 아니라도 배를 타고 계속 갔다면 신대륙을 발견했을 걸세. 그러니 너무 우쭐대지 말게!"
> 이 말을 들은 콜럼버스는 갑자기 탁자 위에 놓인 달걀을 집어들었다.
> "자, 그렇다면 여러분들 중에 이 달걀을 탁자 위에 세울 수 있는 사람이 있다면 한번 해 보시오."
> 그러자 사람들은 저마다 달걀을 세우려고 안간힘을 썼지만 성공하지 못했다. 이때 콜럼버스가 달걀을 한쪽 탁자에 부딪친 뒤 깨진 달걀을 탁자 위에 똑바로 세웠다. 사람들은 장난하는 거냐며 비아냥거렸다.
> ㉠"어떤 것이든 따라 하기는 쉬운 법이오. 하지만 남이 하지 못한 일을 처음으로 해내는 것은 매우 어려운 일이오."

① 목표를 위해서 잘못된 길을 가도 된다.
② 새로운 일을 하려면 고정 관념을 깨야 한다.
③ 목표를 정하면 정해진 규칙대로 달성해야 한다.
④ 잘못된 목표를 정하면 용기 있게 바꾸어야 한다.
⑤ 잘못된 목표를 정하면 잘못되었다고 말해야 한다.

●글의 종류 전기문

●글의 특징 이 글은 작가이자 환경 운동가인 레이첼 카슨이 환경 운동을 시작하게 된 과정이 드러난 일화를 쓴 전기문입니다.

●낱말 풀이
살충제 사람과 가축, 농작물에 해가 되는 벌레를 죽이거나 없애는 약.
살포하겠다는 액체, 가루 따위를 흩어 뿌리겠다는.
재앙 뜻하지 않게 생긴 불행한 변고. 또는 천재지변으로 인한 불행한 사고.

지문
★
★
☆

낱말
★
★
☆

어느 날, 레이첼은 조카의 손을 잡고 옥수수가 넘실거리는 들판으로 갔어요. 그런데 가까이 가 보니 살충제를 뿌리는 농부들로 가득했어요.

"해충은 다 나쁜 건가요?"

"농작물에 피해를 주지. 하지만 모든 곤충들이 나쁜 건 아냐. 곤충 중에는 환경에 꼭 필요한 것들도 있단다."

"제가 좋아하는 무당벌레, 사마귀 같은 거요?"

"그렇지. 살충제를 뿌리면 이 유익한 곤충들까지 다 없어져 버린다."

레이첼은 조카의 눈가가 촉촉해지는 것을 보았어요.

그때부터 레이첼은 과학을 함께 연구하는 동료들을 모아서 살충제 문제를 논의했어요.

"불개미를 없애기 위해 남서부 농장과 숲에 살충제를 대량으로 살포하겠다는 기사예요! 왜 이런 행동들을 하는 거죠?"

"농가에서 정부에 살충제를 뿌려 달라고 요청하면 어쩔 수 없잖아요!"

동료들은 문제의 심각성을 알면서도 어쩔 수 없다는 입장이었어요.

"살충제를 쓰면 식물을 통해 사람들의 몸속으로 전달되어 결국 인간에게 재앙으로 돌아오는 것을 깨닫지 못해서 그런 거예요!"

레이첼은 미국 사회에 영향력 있는 신문사와 존경받는 사람들에게 편지를 보내서 살충제의 위험성을 보도해 달라고 요청했어요. 하지만 누구 하나 앞장서겠다고 나서는 이가 없었지요.

㉠"그래! 언제가 될지 모르지만 나라도 살충제의 위험성을 직접 알려야겠어!"

레이첼은 살충제를 포함한 화학 물질의 위험성을 구체적으로 연구했어요. 그리고 마침내 『침묵의 봄』이라는 책을 출간하여 전 세계적으로 큰 반응을 일으켰어요. 이 책의 영향으로 미국에 살충제 사용 금지법이 만들어졌고, '지구의 날'이 만들어지게 되었어요.

22

1 이 글에서 레이첼이 한 일에 ○표 하세요.

이해

(1) 살충제의 위험성을 연구했다. ( )

(2) 바다를 주제로 한 동화를 썼다. ( )

(3) '지구의 날'을 만들자고 주장했다. ( )

(4) 위험하지 않은 살충제를 만들었다. ( )

1주 2일
학습 끝!

붙임 딱지 붙여요.

2 이 글에서 레이첼이 처한 시대적 배경으로 알맞은 것은 어느 것입니까? ( )

이해

① 농작물 재배를 하지 않았다.

② 사람과 동물이 어우러져 살았다.

③ 살충제의 위험성을 깨닫지 못했다.

④ 해롭지 않은 살충제를 만들려고 노력했다.

⑤ 과학 모임의 의견을 국가에서 정책으로 반영했다.

3 ㉠에 나타난 레이첼이 추구하는 삶의 태도는 어떠합니까? ( )

추론

① 가족을 위하여 자신을 희생한다.

② 동물 연구를 중요하게 생각한다.

③ 결과를 알 수 없는 일은 쉽게 포기한다.

④ 환경보다 자신의 이익을 소중하게 여긴다.

⑤ 자신이 옳다고 생각하는 일을 포기하지 않고 용기 있게 도전한다.

4 레이첼이 추구하는 가치를 나타내는 낱말을 보기 에서 고르고, 그렇게 생각한 까닭과 함께 쓰세요.

추론

보기				
배려	사랑	열정	정의	봉사

(1) 고른 낱말:

(2) 그렇게 생각한 까닭:

23

여러 가지 관용 표현의 뜻 알기

★ 다음 그림과 관련 있는 관용 표현을 보기 에서 찾아 빈칸에 번호를 쓰세요.

(1) 낫	
(2) 약(藥)	
(3) 소	
(4) 닭	
(5) 구슬	
(6) 손바닥	
(7) 까마귀	
(8) 솥뚜껑	

보기

① 꿩 대신 닭
② 병 주고 약 준다
③ 소 잃고 외양간 고친다
④ 손바닥으로 하늘 가리기
⑤ 까마귀 날자 배 떨어진다
⑥ 낫 놓고 기역 자도 모른다
⑦ 구슬이 서 말이라도 꿰어야 보배
⑧ 자라 보고 놀란 가슴 솥뚜껑 보고 놀란다

주제 탐구

'관용 표현'은 '원래의 뜻과는 다른 새로운 뜻으로 굳어진 표현'을 말합니다. 관용 표현에는 관용어와 격언, 속담 등이 있습니다. 관용 표현을 쓰면 복잡한 상황 속에서 짧은 말로 자신의 생각을 효과적으로 나타낼 수 있습니다.

1 다음 상황에 알맞은 관용 표현을 보기 에서 찾아 번호를 쓰세요.

보기

① 간 떨어지다　　② 손이 크다　　③ 손꼽아 기다리다

④ 금이 가다　　⑤ 쇠뿔도 단김에 빼라　　⑥ 무릎을 치다

(1) 갑자기 어떤 사실을 알게 되었거나 생각나지 않던 것이 생각났다. (　　)

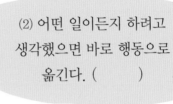

(2) 어떤 일이든지 하려고 생각했으면 바로 행동으로 옮긴다. (　　)

(3) 기대에 찬 마음으로 날짜를 꼽으며 기다린다.
(　　)

(4) 서로의 사이가 벌어지거나 틀어지다. (　　)

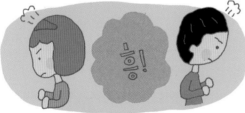

(5) 매우 놀라다.
(　　)

(6) 돈이나 양식 따위를 다룰 때 씀씀이가 커서 한 번에 많은 양을 꺼내어 쓰다. (　　)

1 이 연설문에서 ㉠의 알맞은 뜻에 ○표 하세요.

국어

> 안녕하세요? 이번에 전교 회장으로 출마한 기호 1번 이슬찬입니다. 저는 아침에 일찍 와서 교실을 청소하는 것을 좋아합니다. 그 이유는 등교하여 깨끗한 교실을 보고 활짝 웃는 친구들을 보는 일이 행복하기 때문입니다. 저를 회장으로 뽑아 주신다면 교실뿐 아니라 교문 앞을 청소하는 사람이 되겠습니다. 그곳에서 등교하는 친구들의 말에 ㉠<u>귀를 기울여서</u> 우리 학교를 깨끗하고 웃음이 넘치는 학교로 만들어 나가고 싶습니다. 기호 1번 이슬찬에게 여러분의 소중한 한 표를 부탁드리겠습니다. 감사합니다.

(1) 다른 사람의 이야기를 엿들어서　　　　　　　　　　　　　　　　(　　)

(2) 다른 사람의 이야기를 들으려고 가까이 가서　　　　　　　　　　(　　)

(3) 다른 사람의 이야기에 관심을 가지고 주의를 모아서　　　　　　　(　　)

2 이 광고에서 사용한 '등돌리다'의 뜻과 그렇게 표현한 까닭에 각각 ○표 하세요.

도덕

등돌린 자식

孝, 부모님을 향한 사랑하고 공경하는 마음입니다.

"용돈 좀 드리면 되지" "다음에 전화하면 되지" …하며, 여러분도 부모님께 점점 등을 보이고 있지는 않나요? 부모님이 필요한건 가식적인 인사가 아닙니다. 당신들을 향한 사랑하고 따뜻한 진실된 마음입니다. 사랑하고 공경하는 마음으로 부모님을 향해 뒤돌아 서세요. 그게 바로 세상에서 가장 좋은 우리의 효도입니다.

(1) '등돌리다'의 뜻

　　① 등과 등을 맞대다.　　　　　　　　　　　　　　　　　　　　(　　)

　　② 관계를 끊고 따돌리거나 거부하다.　　　　　　　　　　　　　(　　)

----

(2) '등돌리다'라고 표현한 까닭

　　① 자식이 부모와 힘을 겨루기 때문에　　　　　　　　　　　　　(　　)

　　② 자식이 부모와 가깝게 지내지 않고 멀어지고 있기 때문에　　　(　　)

3 ⊙의 뜻을 알맞게 짐작한 것은 어느 것입니까? (   )

실과

한국의 전통 건축물은 목조 건물이 많습니다. 그런데 이 건물의 일생은 우리 몸의 일생과 비슷합니다. 우리 몸의 각 기관은 신진대사를 통해 그 기능을 유지하다가 나이가 들면서 점점 쇠퇴합니다. 그러나 운동을 알맞게 하고 관리를 하면 쇠퇴하는 것을 어느 정도 늦출 수 있습니다. 이와 같이 목조 건물을 구성하는 기둥, 대들보, 기와 등은 시간이 흐르면서 ⊙'가랑비에 옷 젖는다'는 말처럼 조금씩 낡게 됩니다. 그런데 사람이 살면서 온돌에 불을 들이고 환기하는 등 온도와 습도를 잘 유지해 주면 건물이 숨을 쉬어 오래 보존할 수 있습니다.

① 가랑비가 내리면 사람과 건물이 늙는다.
② 가랑비에 옷이 젖으면 목조 건물로 들어간다.
③ 가랑비가 마르듯이 목조 건물이 서서히 가벼워진다.
④ 가랑비에 사람의 옷이 젖는 것처럼 가랑비에 목조 건물이 젖는다.
⑤ 가랑비를 오래 맞으면 옷이 젖듯이 건물도 시간이 흐르면서 낡게 된다.

유형 3 관용 표현에 담긴 뜻 짐작하기

글 속에 인용된 속담의 뜻을 문맥으로 미루어 추론하는 문제입니다.

기관 일정한 모양과 생리 기능을 가지고 있는 생물체의 부분.
신진대사 생물체가 몸 으로부터 섭취한 영양 물질을 몸 안에서 분해하고, 합성하여 생체 성분이나 생명 활동에 쓰는 물질이나 에너지를 생성하고 필요하지 않은 물질을 몸 밖으로 내보내는 작용.
환기하는 탁한 공기를 맑은 공기로 바꾸는.

4 ⊙을 보기와 같이 바꾸어 쓴 표현으로 알맞은 것에 ○표 하세요.

국어

언니: 앨리스, 이리 와 봐. 우리 함께 책을 읽자.
앨리스: 알았어, 언니! (책을 보더니) 그런데 무슨 책이 이래? 그림은 하나도 없고 글씨만 잔뜩 있잖아. 이런 책은 정말 재미없어!

　　　앨리스, 무대 오른편으로 투덜거리며 등장한다.

앨리스: 치, 언니하고는 ⊙손발을 맞출 수 없다니까! (관객을 향해) 어린이 여러분, 안녕하세요? 전 앨리스라고 해요. 우리 친구가 되지 않을래요? 저도 여러분처럼 이곳으로 언니랑 소풍을 나왔답니다.

┌─ 보기 ─
│　　　낫 놓고 기역 자도 모른다 ➡ 방석 놓고 미음 자도 모른다
└─

(1) 마음을 맞추다 (　　　)　　　　　　(2) 두 볼을 맞추다 (　　　)

유형 4 관용 표현을 다른 표현으로 바꾸기

어떤 일을 하는 데 있어서 서로 잘 협조한다는 뜻을 가진 관용 표현을 찾는 문제입니다.

●글의 종류 논설문(연설문)

●글의 특징 이 글은 백범 김구 선생이 쓴 자서전의 일부입니다. 주어진 글은 김구 선생이 자신의 소원은 오직 독립임을 밝히며 우리 스스로 잘살고 인류 전체가 의좋게 살기를 바라는 사상을 드러낸 부분입니다.

●낱말 풀이
애탐 몹시 답답하거나 안타까워 속이 끓는 듯함.
미천한 보잘것없이 천한.
빈천 가난하고 천함.
계림 신라의 다른 이름. 우리나라를 뜻함.
절제 정도에 넘지 아니하도록 알맞게 조절하여 제한함.

백범 김구 선생

(가) "네 소원이 무엇이냐?" 하고 하느님이 내게 물으시면, 나는 서슴지 않고 "내 소원은 대한 독립이오." 하고 대답할 것이다. "그다음 소원은 무엇이냐?" 하면 나는 또 "우리나라의 독립이오." 할 것이요, 또 "그다음 소원이 무엇이냐?" 하는 세 번째 물음에도, 나는 더욱 소리를 높여서 "나의 소원은 우리나라 대한의 완전한 자주독립이오." 하고 대답할 것이다.

(나) 독립이 없는 백성으로 칠십 평생에 설움과 부끄러움과 애탐을 받은 나에게는, 세상에 가장 좋은 것이, 완전하게 자주독립한 나라의 백성으로 살아 보다가 죽는 일이다. 나는 일찍이 우리 독립 정부의 ㉠문지기가 되기를 원하였거니와, 그것은 우리나라가 독립국만 되면 나는 그 나라의 가장 미천한 자가 되어도 좋다는 뜻이다. 왜 그런가 하면, 독립한 제 나라의 빈천이 남의 밑에 사는 부귀보다 기쁘고 영광스럽고 희망이 많기 때문이다.

옛날 일본에 갔던 박제상이 "내 차라리 계림의 개, 돼지가 될지언정 왜왕의 신하로 부귀를 누리지 않겠다." 라고 한 것이 진정이었던 것을 나는 안다. 박제상은 왜왕이 높은 벼슬과 많은 재물을 준다는 것을 물리치고 달게 죽음을 받았으니, 그것은 ㉡'차라리 내 나라의 귀신이 되리라.'는 신념 때문이었다.

(다) 우리 민족으로서 하여야 할 최고의 임무는 첫째로 남의 절제도 아니 받고 남에게 의뢰도 아니하는 완전한 자주독립의 나라를 세우는 일이다. 이것이 없이는 우리 민족의 생활을 보장할 수 없을 뿐더러 우리 민족의 정신력을 자유로 발휘하여 빛나는 문화를 세울 수가 없기 때문이다. 이렇게 완전한 자주독립의 나라를 세운 뒤에는 둘째로 이 지구상의 인류가 진정한 평화의 행복과 안락을 누릴 수 있는 사상을 낳아 그것을 먼저 우리나라에 실현하는 것이다.

(라) 내가 원하는 우리 민족의 사업은 결코 세계를 무력으로 정복하거나 경제력으로 지배하려는 것이 아니다. 오직 사랑의 문화, 평화의 문화로 우리 스스로 잘살고 인류 전체가 의좋게 즐겁게 살도록 하는 일을 하자는 것이다.

김구, 『백범 일지』 중 「나의 소원」

1 이 글에서 말한 '나'의 소원을 <u>두 가지</u> 고르세요. (   )

이해

① 우리나라가 자주독립하는 것

② 우리나라가 부자 나라가 되는 것

③ 우리나라가 군사의 힘이 세지는 것

④ 우리 민족의 평화와 행복을 실현하는 것

⑤ 우리나라 재상이 일본에 가서 높은 벼슬을 하는 것

2 이 글에서 사용한 ㉠의 뜻으로 알맞은 것에 ○표 하세요.

어휘

(1) 골문을 지키는 사람   (   )

(2) 출입구에서 표가 없는 사람의 접근을 막는 사람   (   )

(3) 가장 낮은 자리에서 독립한 나라를 위해 일하는 사람   (   )

3 ㉡의 뜻을 추론하는 과정에 맞게 빈칸에 알맞은 말을 쓰세요.

추론

앞부분에 '왜왕의 제안을 거절하고 죽었다.'는 내용이 있다. 또 박제상이 '우리나라의 개, 돼지가 되더라도 왜왕의 신하가 되지 않겠다.'고 한 말이 있다.

▼

'귀신'의 원래 뜻은 사람이 죽은 뒤에 남는 넋이다.

▼

내 나라의 넋이 된다는 뜻이다.

▼

(   )는 뜻이다.

4 '나'가 추구하는 가치를 알맞게 말한 친구에 ○표 하세요.

추론

(1) 인류 전체가 평화롭게 살기를 바라고 있어.

(2) 우리나라가 가장 힘이 센 나라가 되기를 바라고 있어.

(3) 환경 오염이 없는 아름다운 지구를 원해.

29

★ 다음 그림은 보는 관점에 따라 무엇으로 보이는지 각각 쓰세요.

(1)

(2)

[   ] 와/과 [   ]

[   ] 와/과 [   ]

주제 탐구

'관점'은 '같은 사물이나 현상을 관찰할 때 그 사람이 바라보는 태도나 방향 또는 처지' 를 뜻합니다. 관점에 따라 사물이나 현상이 다르게 보일 수 있습니다. 글을 읽을 때 글 제 목과 사용한 표현을 살펴보면 글쓴이의 관점을 파악할 수 있습니다.

★ (1~3) 다음을 읽고 물음에 답하세요.

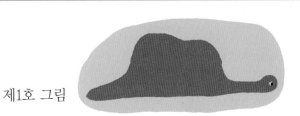

제1호 그림

　나는 이 위대한 작품을 어른들에게 보여 주었다. 그리고 이 그림이 너무 무섭느냐고 물어보았다. 그랬더니 어른들은 늘 한결같이 대답했다.
　"무섭냐고? 모자가 왜 무서워?"
　사실 내 그림은 모자가 아니었다. 그것은 코끼리를 삼킨 보아 뱀 그림이었다. 어른들이 그림을 잘 이해하지 못한 것이다. 그래서 나는 또 다른 그림을 그렸다. 이번에는 어른들도 분명히 볼 수 있도록 배 속이 보이는 보아 뱀을 그린 것이다. 어른들에게는 언제나 설명을 해 줘야 한다. 내 그림 제2호, 바로 이 그림이다.

제2호 그림

생텍쥐페리, 『어린 왕자』

1 이 글에서 어른들은 '제1호 그림'을 무엇이라고 생각했는지 ○표 하세요.

(1) 모자 (　　　　)　　　　(2) 코끼리 (　　　　)　　　　(3) 보아 뱀 (　　　　)

2 이 글에서 어른들과 '나'의 생각을 찾아 선으로 이으세요.

(1) '나'　•　　　　　•　① 보이는 것만 생각한다.

(2) 어른들　•　　　　　•　② 보이지 않는 것도 생각한다.

3 어른들과 '나'의 생각이 다른 까닭은 무엇인지 빈칸에 쓰세요.

　•　'나'와 어른들의 사물을 보는 □□ 이/가 다르기 때문이다.

독해력 활짝

유형 1 광고의 제목에서 글쓴이의 관점 알기

광고의 제목을 보고 글쓴이의 관점을 파악하는 문제입니다.

약소국 정치·경제·군사적으로 힘이 약한 작은 나라를 말함.

1 이 광고의 제목으로 알 수 있는 글쓴이의 관점에 ○표 하세요.

도덕

모두 살색입니다

외국인 근로자도 피부색만 다른 소중한 사람입니다.
돌아가서 우리나라를 세계에 알릴 귀한 손님입니다.

우리 민족은 약소국의 설움을 누구보다 잘 알고 있습니다. 일제 강점기의 아픔이 아직도 우리 가슴에 아물지 않고 남아 있습니다. (중략)

우리나라에 온 귀한 손님들에게 동방예의지국의 미덕을 다시 한번 보여 줄 때입니다.

(1) 세계 공통의 살색을 찾아야 한다. ( )

(2) 외국인의 피부색을 인정해야 한다. ( )

(3) 피부색으로 외국인을 차별하지 말아야 한다. ( )

유형 2 글쓴이의 생각이 담긴 낱말 찾기

'미국이 평등한 나라가 되는 꿈을 꿉시다.'라는 생각이 담긴 연설문을 읽고 글쓴이의 생각이 담긴 낱말을 찾는 문제입니다.

신념 굳게 믿는 마음.

2 이 글에서 글쓴이의 생각이 담긴 낱말은 무엇입니까? ( )

사회

동지 여러분!

우리는 오늘도 내일도 많은 어려움에 시달릴 것이지만 나는 여전히 꿈이 있다고 여러분께 분명히 말씀드리고 싶습니다. 그 꿈은 미국에서 이루고 싶은 꿈이며 깊이 뿌리를 둔 꿈입니다.

나는 꿈이 있습니다. 언젠가는 이 나라가 독립 선언문에서 선언한 대로 모든 인간은 평등하게 태어났다는 사실을 당연하게 여기게 될 날이 올 것입니다. 나는 이 국가적 신념의 참된 의미를 실현하는 날이 꼭 오리라는 꿈을 꿉니다.

마틴 루터 킹, 「나에게는 꿈이 있습니다」

① 우리   ② 뿌리   ③ 미국

④ 나라   ⑤ 평등

3 ⊙을 통해 알 수 있는 글쓴이의 관점은 무엇입니까? (   )

유형 **3** 글에 담긴 글쓴이의 관점 알기
비가 오는 하천에서 땅을 파던 남자의 행동을 통해 글쓴이의 관점을 알 수 있는 문제입니다.

억수 물을 퍼붓듯이 세차게 내리는 비.
이기심 자기 자신의 이익만을 꾀하는 마음.

국어

> 억수같이 쏟아지는 비에 바람까지 불어서 손에 들고 있는 우산은 그저 장식용에 불과했고, 버스마저 오지 않아 그 비를 고스란히 맞고 서 있어야 해 무척 화가 났습니다.
>
> 그때 이상한 광경이 눈에 들어왔습니다. 둑 아래로 최근 시에서 하천을 살리자는 취지로 재정비한 작은 하천이 흐르고 있었는데, 50대로 보이는 한 남자가 엎드려서 열심히 땅을 파고 있었습니다. '이 억수같은 비를 맞으며 뭘 하고 있는 걸까' 무척 궁금했습니다.
>
> 계속 내리는 비로 하천은 계속 불고 있었습니다. 그 물살에 못 견딘 땅이 움푹 패기 시작했습니다. 하천가에 핀 꽃들은 뿌리를 허옇게 드러내고 있었습니다.
>
> 온몸이 비로 흠뻑 젖은 그는 땅을 파는 장비가 없었는지 작은 돌을 찾아 땅을 파고 있었습니다. 그러다 어느새 손으로 땅을 파는 것이 아닙니까. 물길을 잡는 그의 빠른 작업 속도가 매우 인상적이었습니다.
>
> 물길을 제대로 잡기 위해 그는 5미터나 되는 폭을 두 줄로 나누어 팠는데, 한참만에야 허리를 폈습니다. 꽃이 있는 쪽으로 더 이상 물길이 닿지 않게 되었을 때 그제야 그는 허리를 펴고 꽃을 바라보며 흐뭇한 미소를 지었습니다.
>
> ⊙그저 제 몸 하나 가리기에 급급했던 나와는 달리 그는 꽃을 살리기 위해 비를 맞는 것은 아무렇지도 않았던 거죠. 화초 하나라도 사랑으로 대하는 그 모습은 잔잔한 감동의 물결을 일으켰습니다.
>
> 자연을 사랑한다는 건 결국 생명을 사랑하는 거라고 생각합니다. 인간의 이기심으로 자연을 파괴할수록 자연재해로 큰 피해를 입게 됩니다. 우리나라도 예외가 아닙니다. 어떻게 하면 자연재해로부터 안전할 수 있을까요? 어떻게 하면 소중한 자연을 더 보호할 수 있을까요?
>
> 『국제신문(2019.06.03.), 「잦은 기상 이변, 자연재해 대비에 만전을」』

① 자연재해는 심각하다.
② 장마에 대비해야 한다.
③ 인간은 자연보다 위대하다.
④ 자연재해가 일어나지 않게 해야 한다.
⑤ 자연재해로부터 생명과 자연을 지켜야 한다.

●글의 종류 연설문(편지)

●글의 특징 이 글은 160여 년 전 미국의 제 14대 대통령 피어스가 인디언 추장 시애틀에게 땅을 팔 것을 요구한 일에 답한 편지 형식의 연설문입니다. 땅과 자연에 대한 인디언의 생각이 잘 나타나 있습니다.

●중심 내용
(가) 땅을 팔라는 백인의 제안을 진지하게 고려하지만 하늘이나 대지의 온기는 사고 팔 수 없음.
(나) 인간과 대지 그리고 자연은 하나임.
(다) 만약 땅을 판다며 당신들은 자연은 신성하고 인간의 형제임을 아이들에게 가르쳐야 함.
(라) 인간이 땅에 속하는 것임을 아이들에게 가르쳐야 함.

●낱말 풀이
온기 따뜻한 기운.
수액 땅속에서 나무의 줄기를 통하여 잎으로 올라가는 액을 이름.
카누 노로 젓는 작은 배.

지문 ★★☆

낱말 ★★☆

(가) 위대하고 선한 백인 추장이 우리 땅을 사고 싶으며, 또한 우리가 편하게 살 수 있는 충분한 땅을 마련해 준다는 전갈을 보내왔다. 우리는 당신들의 제안을 진지하게 고려해 볼 것이다. 우리가 땅을 팔지 않으면 백인이 총을 들고 와서 우리 땅을 빼앗을 것임을 알고 있다.

그대들은 어떻게 해서 저 하늘이나 대지의 온기를 사고팔 수 있는가? 우리로서는 이상한 생각이다. 대기의 신선함과 반짝이는 물을 우리가 소유하고 있지도 않은데 어떻게 그것들을 팔 수 있다는 말인가? 우리에게는 대지의 모든 부분이 신성한 것이다. 빛나는 솔잎, 모래 기슭, 어두운 숲속 안개, 맑게 노래하는 온갖 벌레들, 이 모두가 우리의 기억과 경험 속에서 신성한 것이다.

(나) 우리는 대지의 한 부분이고 대지는 우리의 한 부분이다. 향기로운 꽃은 우리의 자매이다. 사슴, 말, 큰 독수리, 이들은 우리의 형제들이다. 바위산 꼭대기, 풀의 수액, 조랑말과 인간의 체온 모두가 한가족이다.

(다) 만약 우리가 이 땅을 팔 경우에 이 땅이 신성한 존재라는 것을 기억해 주었으면 한다. 신성할 뿐만 아니라, 호수의 맑은 물속에 비쳐진 신령스러운 모습들 하나하나가 우리네 삶의 일들과 기억들을 이야기해 주고 있음을 아이들에게 가르쳐야 한다. 물결의 속삭임은 우리 아버지의 아버지가 내는 목소리이다. 강은 우리의 형제이고, 우리의 갈증을 풀어 준다. 카누를 날라 주고 자식들을 길러 준다.

만약 우리가 땅을 팔게 되면 저 강들이 우리와 그대들의 형제임을 잊지 말고 아이들에게 가르쳐야 한다. 그리고 이제부터는 형제에게 하듯 강에게도 친절을 베풀어야 할 것이다.

(라) 당신들은 아이들에게 그들이 딛고 선 땅이 우리 조상의 뼈라는 것을 가르쳐야 한다. 그들이 땅을 존경할 수 있도록 그 땅이 우리 종족의 삶들로 충만해 있다고 말해 주어라. 우리가 우리 아이들에게 가르친 것을 당신의 아이들에게도 가르쳐야 한다. 땅은 우리 어머니라고. 땅이 인간에게 속하는 것이 아니라 인간이 땅에 속하는 것임을 우리는 알고 있다.

「시애틀 추장의 편지」

1 백인들이 '우리'에게 요구한 것은 무엇입니까? (   )

① '우리'의 땅을 파는 것

② 백인의 문명을 배우는 것

③ 백인의 땅에서 나가는 것

④ '우리'의 문화를 가르쳐 주는 것

⑤ 백인의 아이들에게 땅을 신성한 것이라고 가르치는 것

2 글쓴이가 이 글을 쓴 목적이나 의도로 알맞은 것에 ○표 하세요.

(1) 백인과 잘 지내겠다는 다짐을 하려고   (   )

(2) 백인들이 제안한 일에 대한 답장을 하려고   (   )

(3) 백인들의 침략에 맞서 끝까지 싸우겠다는 의지를 보여 주려고   (   )

3 이 글에 나타난 글쓴이의 생각은 무엇입니까? (   )

① 자연과 인간은 하나이다.

② 땅을 백인에게 넘길 수 없다.

③ 백인들이 자연을 보호하고 있다.

④ 백인들의 하느님이 우리를 보호한다.

⑤ 백인들과 함께 자연을 개발하고 싶다.

4 '땅'에 대한 백인과 글쓴이의 관점을 알맞게 비교한 친구에 ○표 하세요.

(1) 백인은 땅을 종교로, 인디언들은 자연으로 보고 있어!

(2) 백인은 땅을 농사를 짓는 곳으로, 인디언은 자연을 즐기는 곳으로 보고 있어.

(3) 백인은 땅을 사고파는 곳으로, 인디언은 영혼이 깃든 곳으로 보고 있어!

05 글쓴이의 주장 찾기

★ 다음 텔레비전 뉴스와 광고에 나타난 글쓴이의 주장에 ○표 하세요.

(1)

고통 주는 동물 실험, 이대로는 안 돼

지난해 동물 실험으로 사용된 동물이 372만 마리이고, 이 중 $\frac{1}{3}$이 극심한 고통을 겪는 것으로 알려졌습니다.

① 동물원을 만들지 말자.　　② 동물을 괴롭히는 실험을 하지 말자.

(2)

금은보화보다 값진 것은 아이들입니다.

① 아이를 낳자.　　② 욕심 부리지 말자.

주제 탐구

　주장하는 글에는 글쓴이의 주장과 근거가 있습니다. 글쓴이의 주장을 파악하려면 각 문단의 중심 내용을 확인하고, 글쓴이의 의견을 알아봅니다. 어떤 근거를 제시했는지 살펴보고 여러 번 강조해 사용한 낱말이 무엇인지 확인합니다.

1 이 기사문을 읽고 글쓴이의 주장을 뒷받침하는 근거를 찾아 색칠하세요.

동물 실험, 이대로는 안 돼

지난해 동물 실험으로 사용된 동물이 372만 마리이고, 이 중 $\frac{1}{3}$이 극심한 고통을 겪는 것으로 알려졌다. 농림축산검역본부는 26일 '동물 실험 및 실험 동물 사용 실태 조사 결과'에서 지난해 동물 실험을 시행한 곳은 362개 기관에서 372만 7,163마리의 동물을 사용했다고 밝혔다. 이 결과에 따르면 실험 대상이 된 동물 중 34.6퍼센트가 극심한 고통이나 억압, 스트레스를 받는 것으로 조사됐다. 이것은 동물 복지의 사각 지대에 놓여 있는 우리나라 실험실의 현주소가 드러난 것으로 분석됐다.

『◯◯신문(20◯◯년 ◯◯월 ◯◯일)』

(1) 동물 실험을 확대하자는 사람들이 많다.

(2) 동물 실험의 대상이 된 동물이 많고, 고통이 심하다는 조사 결과가 있다.

2 이 광고문을 읽고 주장을 뒷받침하기에 알맞은 까닭에 색칠하세요.

금은보화보다 값진 것은 아이들입니다

흥부는 가난했지만 아이들이 있어 행복했습니다.
흥부가 부자가 됐을 때 아이들이 있어 더 행복했습니다.
아이, 행복을 가져다줄 금은보화입니다.

(1) 흥부는 아이가 있어서 행복했다.

(2) 흥부는 금은보화를 얻어 행복했다.

유형 1 글쓴이의 주장 찾기

주장하는 글을 읽고 글쓴이가 내세우는 주장을 파악하는 문제입니다.

의식하고 어떤 것을 두드러지게 느끼거나 특별히 염두에 두고.

1 이 글에 나타난 글쓴이의 주장은 무엇입니까? (　　　)

도덕

> 대한민국은 시험 공화국이다. 초등학교에 입학하면서부터 수많은 시험을 치르고, 대학 입학이라는 큰 산을 넘어야 한다. 하지만 시험에 합격하는 일보다 중요한 것은 개인의 행복이다.
>
> 첫째, 자신이 진정으로 원하는 것을 해야 행복하다. 어릴 때부터 시험으로 인해 다른 사람의 평가를 지나치게 의식하고 자신이 진정으로 좋아하고 추구하는 것이 무엇인지 잊고 사는 경우가 많다. 그럴 경우 진정한 행복을 느낄 수 없다.
>
> 둘째, 단 한 번의 시험으로 개인의 행복이 결정되는 경우도 있지만 이것은 한 번의 행복으로 끝난다. 반면에 개인의 행복은 자주 느낄 수 있는 행복이다. 시험에 합격하는 일처럼 큰일이 아니더라도 작은 것에서 행복을 찾으려고 노력해야 한다.

① 시험을 없애야 한다.　　　　② 시험 공부를 열심히 해야 한다.

③ 시험을 잘 보도록 노력해야 한다.　④ 시험보다 개인의 행복이 중요하다.

⑤ 개인의 행복에 좌우되지 않도록 노력해야 한다.

유형 2 주장을 뒷받침하는 까닭 알기

기업이나 국가 기관 등에서 케이 팝(K-POP)으로 얻게 되는 효과를 생각하며 글쓴이의 주장에 대한 까닭을 찾아봅니다.

전파 전하여 널리 퍼뜨림.
우호적인 개인끼리나 나라끼리 서로 사이가 좋은.

2 ㉠과 같이 주장한 까닭으로 알맞지 <u>않은</u> 것에 ○표 하세요.

사회

> 요즘 케이 팝(K-POP)의 인기가 아시아는 물론 유럽, 아메리카에 이르기까지 나날이 높아지고 있습니다.
>
> 케이 팝(K-POP)의 인기는 단순한 대중음악의 전파를 의미하지 않습니다. 대중음악을 넘어서 음악으로 생겨난 경제, 문화적 효과가 큽니다. 케이 팝(K-POP)에 관심을 가진 사람들이 한국 영화, 드라마, 애니메이션 등을 접하면서 한국어와 한국 문화를 익히고, 나아가 한국과 한국 제품 전체에 대해 우호적인 태도를 갖게 하는 효과가 있습니다. ㉠따라서 이와 관련된 기업이나 국가 기관에서는 책임 의식을 가지고 노력해야 합니다.

(1) 케이 팝의 인기 요인을 연구해야 하기 때문이다.　　　　　　　(　　　)

(2) 케이 팝의 경제적, 문화적 효과가 크기 때문이다.　　　　　　　(　　　)

(3) 외국인들에게 한국에 대한 우호적인 인식을 주기 때문이다.　　　(　　　)

3 이 글에서 글쓴이의 주장을 찾아 알맞게 말한 친구에 ○표 하세요.

국어

유형 **3** 숨겨진 주장 찾기

글 속에 주장이 간접적으로 나타난 글을 읽고 글쓴이의 주장을 찾는 문제입니다.

인지하고 어떤 사실을 인정하여 알고.
부여하는 나누어 주는.
확고한 태도나 상황 따위가 튼튼하고 굳은.

　사람들에게 이것을 보여 주고 무엇을 그린 그림이냐고 물으면 오리라고도 하고 토끼라고도 할 것입니다. 그러니까 왼쪽 방향을 보고 있는 오리 그림인지, 오른쪽 방향을 보고 있는 토끼 그림인지, 그것을 결정짓는 것은 오로지 보는 사람의 마음에 달려 있다는 것이지요. 그 그림의 선 모양이 어떤 방향으로 향하고 있는지를 인지하고 그 형상의 이미지를 결정짓는 것은 그림이 아니라 보는 사람의 마음 안에 존재합니다. 관찰자가 부여하는 관점의 틀이 무엇이냐에 따라서 그 그림의 내용이 달라지기 때문이지요.

　여러분들은 여태까지 주변에 있는 사물들이 객관적으로 존재한다고 믿고 있었고 그것들은 모두 확고한 의미를 지니고 있다고 생각해 왔을 것입니다. 그런데 이 오리─토끼의 매직 카드를 보면서 비로소 그게 아니라는 것, 그림보다는 그림을 바라보는 관찰자의 능동적 역할이 더 크다는 사실을 깨닫고 놀랐을 것입니다. 이렇게 사물을 자르는 칼자루가 내 눈 속에, 마음속에 쥐어져 있다는 것을 아는 순간, 그것만으로도 여러분들은 세상을 보는 눈이 확 달라졌을 것입니다.

이어령, 『젊음의 탄생』 중 「오리인가 토끼인가」

 (1) '모든 일은 마음먹기에 따라 달라질 수 있다.'는 것을 주장했어!

 (2) '세상을 모두 다르게 보도록 노력하라.'는 주장을 하고 있어!

 (3) '이상한 그림에 현혹되지 말라.'는 주장을 하고 있어!

●글의 종류 논설문

●글의 특징 이 글은 세 가지 이유를 들어 존엄사를 허용해야 한다고 주장하고 있습니다.

●중심 내용
1문단 안락사는 허용하면 안 되지만 존엄사는 허용해야 하는 까닭을 알아봄.
2문단 자연스러운 죽음인 존엄사는 의도적인 죽음인 안락사와 엄연히 다름.
3문단 존엄사는 품위 있는 죽음을 맞이하게 함.
4문단 존엄사가 악용되지 않도록 해야 함.
5문단 인간은 존엄하게 생을 마감할 권리가 있으므로, 존엄사를 허용해야 함.

●낱말 풀이
혼용되어 한데 섞어 쓰거나 어울려.
임박했을 어떤 상황이나 때에 가까운 처지에 놓일.
연명 치료 목숨을 겨우 가도록 하는 치료.
품위 사람이 갖추어야 할 위엄이나 기품.
악용되지 알맞지 않게 쓰거나 나쁜 일에 쓰지.

최근 존엄사를 다룬 드라마가 방영되면서 존엄사에 대한 관심이 높아지고 있습니다. 존엄사와 안락사가 혼용되어 쓰이면서 찬성과 반대의 의견이 각각 치열합니다. 안락사는 허용하면 안 되지만 존엄사는 허용해야 합니다. 그 까닭을 알아봅시다.

먼저 안락사와 존엄사에 대한 구분을 명확하게 해야 합니다. 존엄사는 의학적으로 최선을 다했음에도 불구하고 돌이킬 수 없는 죽음이 임박했을 때 의학적으로 무의미한 연명 치료를 중단함으로써 질병에 의한 자연적인 죽음을 받아들이는 것입니다. 안락사는 회복이 불가능한 불치 환자의 고통을 없애 주기 위해 인위적인 방법으로 죽음을 맞게 하는 것입니다. 따라서 존엄사와 안락사는 엄연히 다릅니다.

그다음으로 존엄사는 품위 있는 죽음을 맞이할 수 있게 합니다. 국립 암 센터가 국민암 정복 연구 과제로 추진한 '품위 있는 죽음에 대한 대국민 의식' 조사 결과에 따르면 질병이 위중하여 말기 상황에 처했을 경우, '본인이 말기라는 상황을 정확히 알아야 한다'에 찬성한 사람이 92퍼센트에 이르며, 죽음이 임박한 환자에게 의학적으로 무의미하다고 판단되는 기계적 호흡 등 생명 연장 치료를 중단함으로써 자연스러운 죽음을 받아들이는 '존엄사'에 대해서는 87.5퍼센트가 찬성하였습니다.

마지막으로 존엄사가 악용되지 않도록 해야 합니다. 존엄사를 반대하는 사람들 대부분은 존엄사가 악용될 수 있다는 것 때문에 반대합니다. 그렇다면 존엄사가 악용되지 않도록 법으로 정하면 됩니다. 국회는 논의만 할 것이 아니라 존엄사의 법제화를 추진해야 합니다.

인간은 누구나 존엄하게 태어났습니다. 그러므로 마땅히 존엄하게 생을 마감할 권리가 있습니다. 그러므로 다시 살아날 가능성이 없다면 인간이 스스로 자신의 존엄한 죽음을 맞이할 수 있는 통로를 열어 놓아야 합니다.

1 다음 '존엄사'와 '안락사'의 정의를 보고 빈칸에 알맞은 말을 쓰세요.

이해

(1) 회복이 불가능한 불치 환자의 고통을 없애 주기 위해 인위적인 방법으로 죽음을 맞게 하는 것 ( )

(2) 의학적으로 최선을 다했지만 다시 살아날 가능성이 없어 죽음이 임박했을 때 의학적으로 무의미한 연명 치료를 중단시키고 질병에 맡겨 자연적인 죽음을 받아들이는 것 ( )

1주 5일 학습 끝!

붙임 딱지 붙여요.

2 이 글에 나타난 글쓴이의 주장은 무엇입니까? ( )

이해

① 안락사를 찬성한다.

② 존엄사를 찬성한다.

③ 안락사와 존엄사를 모두 반대한다.

④ 안락사는 찬성하지만 존엄사는 반대한다.

⑤ 안락사가 이루어지는 병원을 늘려야 한다.

3 글쓴이의 주장에 대한 근거를 알맞게 말한 친구에 ○표 하세요.

이해

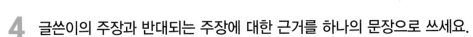

(1) 인간은 품위 있는 죽음을 맞이해야 해.

(2) 안락사를 허용하는 나라가 더 많아.

(3) 존엄사가 악용될 소지는 없어.

4 글쓴이의 주장과 반대되는 주장에 대한 근거를 하나의 문장으로 쓰세요.

비판

존엄사를 허용해서는 안 된다. 왜냐하면 ----------------------------------

41

낱말에 뜻을 더해 주는 말

우리말 가운데 앞말과 뒷말에 붙어서 뜻을 더하거나 강조하면서 새로운 말을 만드는 역할을 하는 말이 있어요. 접두사는 뒷말 앞에 붙어서 새로운 낱말을 만드는 역할을 하고, 접미사는 앞말 뒤에 붙어서 새로운 낱말을 만드는 역할을 해요.

- 뒷말 앞에 붙어 뜻을 더해 주는 말
  군-: '쓸데없는'이라는 뜻을 더해 주는 말이에요. 예 <u>군</u>것질, <u>군</u>소리
  개-: '변변치 못한'이라는 뜻을 더해 주는 말이에요. 예 <u>개</u>나리, <u>개</u>살구
  애-: '어린'이라는 뜻을 더해 주는 말이에요. 예 <u>애</u>호박, <u>애</u>벌레
  햇-: '그해 처음 나온'이라는 뜻을 더해 주는 말이에요. 예 <u>햇</u>과일, <u>햇</u>곡식
  풋-: '덜 익은'이라는 뜻을 더해 주는 말이에요. 예 <u>풋</u>고추, <u>풋</u>사과
- 앞말 뒤에 붙어 뜻을 더해 주는 말
  -개: '간단한 도구'라는 뜻을 더해 주는 말이에요. 예 덮<u>개</u>, 지우<u>개</u>
  -보: '그것을 특성으로 지닌 사람'이라는 뜻을 더해 주는 말이에요. 예 먹<u>보</u>, 울<u>보</u>
  -꾸러기: '버릇이 많은 것'이라는 뜻을 더해 주는 말이에요. 예 심술<u>꾸러기</u>, 장난<u>꾸러기</u>
  -장이: '전문 기술자'라는 뜻을 더해 주는 말이에요. 예 미<u>장이</u>, 석수<u>장이</u>
  -쟁이: '속성을 많이 가진 사람'이라는 뜻을 더해 주는 말이에요. 예 멋<u>쟁이</u>, 개구<u>쟁이</u>

1 다음 그림 속 두 사물에 공통으로 들어갈 뜻을 더해 주는 말을 보기에서 찾아 쓰세요.

보기

군   개   애   맨   햇   덧   갓   풋

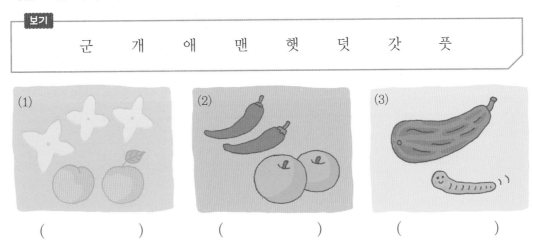

(1) (   )   (2) (   )   (3) (   )

2 다음 빈칸에 들어갈 알맞은 말을 찾아 ○표 하세요.

(1) 나는 멋(쟁이 / 장이) 이모가 둘이나 있다.

(2) 구멍 난 배를 땜(쟁이 / 장이)가 수선하였다.

(3) 우리 축구팀에는 개구(쟁이 / 장이)들이 다 모였다.

(4) 원님은 마을에 소문난 옹기(쟁이 / 장이)를 불렀다.

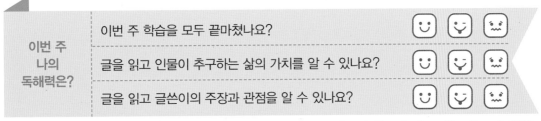

이번 주 나의 독해력은?	이번 주 학습을 모두 끝마쳤나요?	☺ ☺ ☹
	글을 읽고 인물이 추구하는 삶의 가치를 알 수 있나요?	☺ ☺ ☹
	글을 읽고 글쓴이의 주장과 관점을 알 수 있나요?	☺ ☺ ☹

PART2

추론 독해

글에 숨겨진 정보를 짐작해 보고 생략된 내용이나 숨겨진 주제,
글을 쓴 목적을 찾아보며 읽어요.
그리고 글에 드러난 관점이나 글쓴이의 주장과 근거,
표현 방법 등을 비판하며 읽는 방법도 배워요.

contents

06 시의 표현 기법, 반어와 역설

★ 다음 시 「새로운 길」과 이 시를 바꾸어 쓴 시 「학교 가는 길」을 읽고, ㉠, ㉡의 표현 기법을 알맞게 말한 친구에 모두 ○표 하세요.

새로운 길

윤동주

내를 건너서 숲으로
고개를 넘어서 마을로

어제도 가고 오늘도 갈
나의 길 새로운 길

민들레가 피고 까치가 날고
아가씨가 지나고 바람이 일고

나의 길은 언제나
새로운 길
오늘도…… 내일도……
(후략)

학교 가는 길

건물을 건너서 도로로
101동을 넘어서 102동으로

어제도 가고 오늘도 갈
나의 길 ㉠새로운 길

웃음꽃이 피고 축구공이 날고
친구가 지나고 재미가 일고

나의 길은 언제나
㉡새로운 길
오늘도…… 내일도……
(후략)

(1) ㉠은 매일 익숙한 길을 가는 마음을 반대로 표현했어.

(2) ㉠은 매일 새로운 길을 가서 낯선 마음을 표현했어.

(3) ㉡은 매일 보는 익숙한 모습이 지루한 마음을 표현했어.

(4) ㉡은 언제나 새로운 길로 가겠다는 마음을 표현했어.

주제 탐구

시에서 문장 표현에 변화를 주어 읽는 이의 주의를 끌기 위하여 반어법과 역설법을 사용합니다. 반어법은 말하려는 의도와 겉으로 표현된 내용이 정반대로 나타나는 표현 방법이고, 역설법은 논리적으로 이치에 맞지 않지만 들여다보면 진실이 담긴 표현 방법입니다.

1 이 시에서 밑줄 친 표현에 담긴 뜻은 무엇입니까? (   )

> 　내 그대를 생각함은 항상 그대가 앉아 있는 배경에서 해가 지고 바람이 부는 일처럼 <u>사소한 일</u>일 것이나 언젠가 그대가 한없이 괴로움 속을 헤매일 때에 오랫동안 전해 오던 그 사소함으로 그대를 불러 보리라.
>
> 황동규, 「즐거운 편지」

① 매우 평범한 일　　　　　　　　② 매우 특별한 일

③ 매우 귀찮은 일　　　　　　　　④ 매우 일상적인 일

⑤ 매우 중요하지 않은 일

2 다음 문장이 이치에 맞지 <u>않은</u> 까닭을 **보기**에서 찾아 기호를 쓰세요.

보기

> ㉮ 임이 갔는데 가지 않았다는 것은 맞지 않다.
> ㉯ 임이 이미 갔는데 내가 보내지 않았다는 것은 맞지 않다.
> ㉰ 강철은 부드러운 것이고, 무지개는 영원한 것이라 맞지 않다.
> ㉱ 강철은 단단한 것이고, 무지개는 화려하고 부드러운 것이므로 맞지 않다.

> 임은 갔지만
> 나는 임을 보내지 아니하였습니다.
>
> 한용운, 「님의 침묵」

• 이치에 맞지 않는 점: (1) (　　　　　)

• 표현한 까닭: 임은 갔어도 마음속에 다시 만날 것이라는 믿음이 있다.

> 겨울은 강철로 된 무지갠가 보다.
>
> 이육사, 「절정」

• 이치에 맞지 않는 점: (2) (　　　　　)

• 표현한 까닭: 겨울이 지금은 단단한 것 같지만 곧 봄이 다가올 것이라는 희망이 있다.

● (1~2) 다음을 읽고 물음에 답하세요.

역겨워 역정이 나거나 속에 거슬리게 싫어.
영변 평안북도 영변군에 있는 면.
약산 평안북도 영변 서쪽에 있는 산.
즈려밟고 '지르밟고(위에서 내리눌러 밟고)'의 평안북도 방언.

진달래꽃

김소월

나 보기가 역겨워
가실 때에는
㉠말없이 고이 보내 드리오리다.

영변에 약산
진달래꽃
㉡아름 따다 가실 길에 뿌리오리다.

가시는 걸음걸음
놓인 그 꽃을
㉢사뿐히 즈려밟고 가시옵소서.

㉣나 보기가 역겨워
가실 때에는
㉤죽어도 아니 눈물 흘리오리다.

유형 1 말하는 이의 마음 알기

임과 헤어지는 상황에서 반어법과 역설법으로 표현한 말하는 이의 마음을 파악하는 문제입니다.

1 이 시에 나타난 말하는 이의 마음으로 알맞은 것에 ○표 하세요.

국어

(1) 임을 보내고 싶은 마음 ( )
(2) 임과 헤어지고 싶은 마음 ( )
(3) 임과 헤어지기 싫지만 보내 주겠다는 마음 ( )

유형 2 반어법이 쓰인 표현 파악하기

시에서 반어법이 쓰인 표현을 찾아보는 문제입니다.

2 ㉠~㉤ 중에서 말하는 이의 마음과 반대되는 표현을 골라 기호를 쓰세요.

국어

( )

● (3~4) 다음을 읽고 물음에 답하세요.

모란이 피기까지는

김영랑

모란이 피기까지는,
㉠나는 아직 나의 봄을 기다리고 있을 테요.
모란이 뚝뚝 떨어져 버린 날,
㉡나는 비로소 봄을 여읜 설움에 잠길 테요.
오월 어느 날, 그 하루 무덥던 날,
떨어져 누운 꽃잎마저 시들어 버리고는
㉢천지에 모란은 자취도 없어지고,
뻗쳐 오르던 내 보람 서운하게 무너졌느니,
모란이 지고 말면 그뿐 내 한 해는 다 가고 말아,
㉣삼백 예순 날 하냥 섭섭해 우옵내다.
모란이 피기까지는,
나는 아직 나의 봄을 기다리고 있을 테요,
㉤찬란한 슬픔의 봄을.

여읜 멀리 떠나보낸.
하냥 '늘'의 전북, 충청, 평북 방언.
우옵내다 '우옵나이다'의 준말, 또는 '우옵니다'의 전라도 방언.

3
국어

㉠~㉤ 중에서 이치에 맞지 않지만 진실이 담긴 표현을 찾아 기호를 쓰세요. (   )

유형 3 역설법이 쓰인 표현 파악하기

시에서 역설법이 쓰인 표현을 찾는 문제입니다.

4
국어

이 시에서 〈문제 3〉의 답처럼 표현한 까닭에 ○표 하세요.

(1) 봄이 오면 슬퍼지기 때문에   (   )

(2) 봄을 기다리면 찬란해지기 때문에   (   )

(3) 봄에는 모란이 다시 피어날 것이기 때문에   (   )

유형 4 역설법이 표현한 숨겨진 뜻 파악하기

역설법이 쓰인 표현에서 말하는 이가 나타내려는 뜻을 파악하는 문제입니다.

●글의 종류 시

●글의 특징 (가)는 깃발을 통해 이상적인 세계에 가고 싶은 마음을 표현한 시입니다. (나)는 반어적 표현으로 임을 잊지 못하는 마음을 표현하였습니다.

●중심 내용
(가) 푯대에 묶여 먼 바다를 향해 흔들리는 깃발은 이상 세계에 가고 싶은 마음이지만, 현실에 묶여 있는 '나'의 모습과 비슷함.
(나) 1연 먼 훗날 당신이 날 찾으면 잊었다고 말할 것임.
2~3연 마음으로는 잊지 못하지만 무척 그리다가, 믿지 못해서 잊었다고 말할 것임.
4연 지금은 잊지 못하지만 먼 훗날 잊었다고 말할 것임.

●낱말 풀이
해원 바다.
노스탤지어 고향을 몹시 그리워하는 마음. 또는 지난 시절에 대한 그리움.
순정 순수한 감정이나 애정.
애수 마음을 서글프게 하는 슬픈 시름.

(가)

깃발

유치환

지문 ★★★

낱말 ★★☆

㉠이것은 소리 없는 아우성
저 푸른 해원을 향하여 흔드는
영원한 노스탤지어의 손수건.
순정은 물결같이 바람에 나부끼고
오로지 맑고 곧은 이념의 푯대 끝에
애수는 백로처럼 날개를 펴다.
아아 누구던가.
이렇게 슬프고도 애달픈 마음을
맨 처음 공중에 달 줄을 안 그는.

(나)

먼 후일

김소월

먼 훗날 당신이 찾으시면
그때에 내 말이 ㉡"잊었노라."

당신이 속으로 나무라면
"무척 그리다가 잊었노라."

그래도 당신이 나무라면
믿기지 않아서 "잊었노라."

오늘도 어제도 아니 잊고
먼 훗날 그때에 "잊었노라."

1 ㈎와 ㈏에서 사용한 표현 방법의 공통점은 무엇입니까? (   )

① 대상을 살아 있는 것처럼 표현하였다.

② 대상을 다른 사물에 빗대어 표현하였다.

③ 주의를 끌기 위해 표현의 변화를 주고 있다.

④ 문장의 순서를 바꾸어서 내용을 강조하였다.

⑤ 있는 그대로의 사실을 과장해서 표현하였다.

2 ㈎와 ㈏에 대한 설명으로 알맞은 것은 무엇입니까? (   )

① ㈎와 ㈏ 모두 대상을 미워하고 있다.

② ㈎는 깃발의 특성을 직접 드러내어 표현하였다.

③ ㈎는 이상 세계를 그리워하는 말하는 이의 마음을 깃발로 표현했다.

④ ㈏는 지금은 임을 잊었다는 것을 강조하고 있다.

⑤ ㈏는 임에게 자신에게 돌아와 달라고 직접 말하고 있다.

3 ㉠에서 표현하는 대상은 무엇입니까? (   )

① 풍경   ② 깃발   ③ 그림

④ 진달래꽃   ⑤ 끝없는 길

4 ㉡의 표현 방법을 알맞게 말한 친구에 ○표 하세요.

(1) 임에게 정말
잊었다는 말을 직접
한 거야.

(2) 임을 그리워하다
지친 마음을
표현한 거야.

(3) 잊지 못하는
속마음을 반어법으로
표현한 거야.

07 여러 가지 읽을거리를 읽고 글쓴이의 생각 파악하기

2주

★ 이 글에 나타난 글쓴이의 생각을 알맞게 말한 친구의 이름을 쓰세요.

음, 내 밥을 남겨 놓았군!

쟁반 가운데에 놓인 일찍 익은 감이 곱게도 보이는구나.
유자가 아니라도 품음직도 하다마는
품어가도 반길 사람이 없어 그것으로 서러워 하노라.

박인로, 「조홍시가」

글쓴이가 홍시가 맛있어 보여 먹고 싶어 해!

글쓴이가 홍시를 그림으로 잘 그릴 수 없는 것을 슬퍼하고 있어!

고은

글쓴이가 맛있는 홍시를 보고도 부모님이 돌아가셔서 드릴 수 없는 것을 슬퍼하고 있어!

혜리

용주

주제 탐구

이야기, 편지, 일기 등 다양한 읽을거리에는 글쓴이가 읽는 이에게 전달하려는 글쓴이의 생각이 담겨 있습니다. 글의 제목과 글에 사용한 표현을 보고 글쓴이가 대상을 어떻게 바라보는지 글의 내용을 통해 글쓴이가 어떤 내용을 알려 주는지 파악합니다.

● (1~3) 다음을 읽고 물음에 답하세요.

(가)　　　　　홍시

정지용

어저께도 홍시 하나
오늘에도 홍시 하나

까마귀야 까마귀야
우리 나무에 왜 앉았나

우리 오빠 오시걸랑
맛 뵐라고 남겨 뒀다.

후락딱딱
훠이훠이

(나) 홍시는 떫은 땡감을 며칠 동안 햇볕을 쪼여 주거나 항아리에 넣어 두면 떫은 맛이 없어지고 말랑하게 무르익은 맛이 납니다. 그래서 옛사람들은 집안의 어른이나 귀한 손님에게 홍시를 대접했습니다. 그리고 겨울철에 양식을 얻기 힘든 새들이 먹으라고 홍시를 따지 않고 몇 개 남겨 두기도 했습니다. 홍시는 우리 민족의 인정을 상징하는 음식입니다.

---

1 (가)에 나타난 글쓴이의 홍시에 대한 생각을 찾아 색칠하세요.

| (1) 안타깝다 | (2) 아름답다 |

2 (나)에 나타난 홍시에 대한 글쓴이의 생각에 ○표 하세요.

(1) 홍시는 우리나라에서 흔한 음식이다. 　　　　　　　　　　　　(　　　)
(2) 홍시는 우리 민족의 인정을 상징하는 음식이다. 　　　　　　　(　　　)

3 (나)의 글쓴이가 글을 쓴 의도와 목적은 무엇인지 기호를 쓰세요. (　　　　)

㉮ 홍시에 대한 정보를 전달하려고　　　　㉯ 홍시에 대한 느낌을 표현하려고

독해력 활짝

유형 1 글쓴이의 생각이 드러난 대상 찾기

글쓴이의 생각을 어떤 대상으로 나타냈는지 알아보는 문제입니다.

검을손 '검은 것은'이라는 뜻의 표현.

1

국어

이 시조에서 ㉠과 ㉡이 가리키는 것은 무엇인지 찾아 쓰세요.

이직

까마귀 검다 하고 백로야 웃지 마라
㉠겉이 검은들 속조차 검을소냐
㉡겉 희고 속 검을손 너뿐인가 하노라.

(1) ㉠ [   ]

(2) ㉡ [   ]

유형 2 대상에 대한 글쓴이의 생각 파악하기

어머니에 대해 쓴 일기를 읽고 글쓴이의 생각이나 마음을 짐작합니다.

토벌할 무력으로 쳐 없앨.

2

국어

이 글에서 글쓴이의 어머니에 대한 생각이나 마음이 <u>아닌</u> 것은 무엇입니까? (   )

1594년 1월 11일
　아침에 어머님을 뵈옵기 위하여 배를 타고 바람을 따라 고음내로 갔다. 남의길, 윤사행, 조카 분이 함께 갔다.
　어머님께 가니 아직 주무시고 계셨다. 우리가 들이닥치며 웅성거리는 바람에 눈을 뜨셨다. 기운이 가물가물해 살아 계실 날이 얼마 남지 않은 듯하였다. 애달픈 마음에 눈물을 흘렸다.
　어머니께서는 기운이 가물가물하시면서도 말씀하시는 데에는 어긋남이 없으셨다.
　적을 토벌할 일이 급하여 오래 머물 수 없었다.

이순신, 『난중일기』

① 애달프다.　　　② 죄송하다.　　　③ 안타깝다.
④ 원망스럽다.　　② 가슴 아프다.

3 이 글에 나타난 글쓴이의 생각을 자신의 생각과 비교한 친구에 ○표 하세요.

유형 **3** 글쓴이의 생각을 자신의 생각과 비교하기

글의 내용을 보고 글쓴이의 생각과 자신의 생각을 비교해 보는 문제입니다.

재단하게 옷감이나 재목 따위를 치수에 맞도록 재거나 자르게.
수공비 손으로 하는 일의 품삯.
루블 러시아의 화폐 단위.
명심하게 잊지 않도록 마음에 깊이 새겨 두게.

신사가 말했다.

"내게는 일 년 정도 신어도 모양이 변하지 않고 이음새도 터지지 않는 장화가 필요해. 그러니 자신 있으면 맡아서 가죽을 재단하게. 못할 것 같으면 일찌감치 포기하고 가죽에는 손대지 마. 미리 말해 두지만 장화가 일 년도 되지 않아서 이음새가 터지거나 모양이 변하면 너를 감옥에 처넣겠다. 그 대신 일 년이 지나도 터지지 않고 모양도 변하지 않는다면 너에게 수공비로 10루블을 주지."

세묜은 겁이 나서 뭐라 말도 못 하고 슬쩍 미하일을 봤다.

"명심하게. 일 년 동안 끄떡없는 장화를 만들어야 해."

세묜도 미하일을 돌아보니 미하일은 신사는 쳐다보지도 않고 신사의 어깨 너머를 뚫어져라 바라보고는 마침내 미소를 지었다.

얼마 뒤 세묜은 미하일이 장화 대신 슬리퍼를 만든 것을 보고 너무 놀라 한숨을 내쉬었다.

'미하일은 일 년 동안 한 번도 실수를 한 적이 없었는데 하필이면 지금 이런 실수를 저지르다니. 나리는 굽이 있는 가죽 장화를 주문했는데 굽 없는 슬리퍼를 만들어서 가죽을 쓸모없이 만들다니⋯⋯.'

그런데 얼마 뒤 신사의 하인이 와서 말하였다.

"마차가 나리 댁에 도착해서 내려 드리려고 보았더니 나리가 굴러 떨어지셨어요. 그래서 마님께서 저한테 이렇게 말씀하셨어요. '구둣방 주인에게 가서 전해라. 아까 나리께서 주문하신 장화는 필요 없게 되었으니 그 대신 죽은 사람이 신는 슬리퍼를 빨리 만들어 달라고 해라. 그리고 만드는 동안 기다렸다가 가지고 오너라.' 하고요."

하인은 슬리퍼를 받아들고 돌아갔다.

레프 톨스토이, 「사람은 무엇으로 사는가」

(1) 다른 사람을 업신여기지 말라는 생각을 전하고 있는데 나도 그렇게 생각해.

(2) 나도 글쓴이처럼 내 미래를 미리 알 수 없다고 느낀 적이 있어.

(3) 나도 글쓴이처럼 약속을 지키지 않아서 곤란했던 적이 있었어.

● 글의 종류 전기문(자서전)

● 글의 특징 『백범 일지』에 쓰인 글의 일부로, 김구 선생님이 감옥에 있으면서도 독립에 대한 의지를 다짐하는 내용을 쓴 글입니다.

● 낱말 풀이
순사 일제 강점기에 둔, 경찰관의 가장 낮은 계급. 또는 그 계급의 사람. 지금의 순경에 해당함.
곤혹스럽게 곤란한 일을 당하여 어찌할 줄을 모르게.
간수 교도소에서 수용자의 교정과 수용 전반의 업무를 담당하는 공무원인 교도관의 옛 용어.
사면 죄를 용서하여 형벌을 면제함.
옥중 감옥의 안.
백정 소나 개, 돼지 따위를 잡는 일을 직업으로 하는 사람을 이름.
범부 평범한 사내.

[앞 이야기] 김구 선생님은 조선 총독부가 항일 운동을 한 사람들을 잡아들이는 과정에서 체포되어 경무총감부에서 고초를 당하다가 15년 형을 선고받고 서대문 감옥으로 옮겨집니다.

(가) 또 나는 결심하였습니다. 죽는 날까지 일본인의 법을 한 끄트머리라도 파괴할 수만 있다면 계속 그렇게 할 것이라고 말입니다. ㉠일본인 순사들을 곤혹스럽게 하는 것을 유일한 즐거움으로 삼기로 결심한 것입니다.
　이튿날 간수가 수갑을 풀지 않고 수갑 검사를 하면서 너무 꼭 조이는 바람에 하룻밤 새 손목이 퉁퉁 부어 보기에 끔찍하게 되었습니다. 이튿날 아침 시간에 간수들이 보고 놀라서 이유를 물었습니다.
　"왜 아프다고 말하지 아니 하였느냐?"
　"무엇이나 시키는 대로 복종하라고 하지 않았느냐?"
　이렇게 나는 간간이 간수들을 놀리고는 했습니다.

(나) 그 후 몇 달 사이에 일본의 왕과 그의 처가 차례로 죽어 죄수들의 사면이 실시되었습니다. 그 결과 나는 15년 형에서 5여 년의 가벼운 형이 되었습니다. 그럭저럭 서대문 감옥에서 보낸 것이 3여 년이고, 불과 2년이 남았습니다. 이때부터는 확실히 다시 세상에 나가서 활동할 희망이 생겼습니다. 그리하여 세상에 나가면 무슨 일을 할까 밤낮으로 생각했습니다.
　㉡나는 우선 이름 '김구'의 한자를 '김구(金九)'라고 고치고 호도 '백범'으로 바꾸어 옥중 동지들에게 알렸습니다. 이름을 고친 것은 일본의 호적에 속한 사람이 아니라는 뜻이요, '백범'이라 함은 우리나라 제일 아래층 사람인 백정과 평범한 사내인 범부까지 전부 나만한 애국심을 가진 사람이 되게 하자는 소망을 나타낸 것입니다. 우리 동포의 애국심과 지식의 정도를 그만큼이라도 높이지 않고는 완전한 독립국을 이룰 수 없다고 생각하였습니다. 감옥에 있으면서 뜰을 쓸거나 유리창을 닦을 때마다 하느님께 기도하였습니다. '우리도 독립 정부를 세우거든 그 집의 뜰도 쓸고 유리창을 닦는 일을 해 보고 죽게 하소서.' 하고.

김구, 『백범 일지』

1 이 글에서 김구가 한 일이 <u>아닌</u> 것은 어느 것입니까? (　　　)

① 일본 순사들에게 진심으로 복종하였다.

② 옥중에서 뜰을 쓸거나 유리창을 닦았다.

③ 세상에 나가서 할 일을 밤낮으로 생각했다.

④ 이름과 호를 바꾸어 옥중 동지들에게 알렸다.

⑤ 독립 정부의 뜰을 쓸고 유리창을 닦게 해 달라고 빌었다.

2 ㉠에 나타난 글쓴이의 마음은 무엇입니까? (　　　)

이해

① 일본 순사와 친해지고 싶은 마음

② 우리나라 순사가 없는 것을 항의하는 마음

③ 보통 사람과 다른 독립 운동가임을 보여 주려는 마음

④ 우리나라를 침략한 일본의 법을 지키지 않으려는 마음

⑤ 일본 사람들이 감옥을 운영하는 방식을 싫어하는 마음

3 ㉡을 통해 알 수 있는 글쓴이의 생각으로 알맞은 것에 <u>모두</u> ○표 하세요.

추론

(1) 일본이 계속 우리나라를 지배했으면 좋겠다.　　　　　　　　(　　　)

(2) 모든 사람이 자신만큼 애국심을 가지면 좋겠다.　　　　　　(　　　)

(3) 옥중 동지들이 모두 이름과 호를 바꾸었으면 좋겠다.　　　(　　　)

(4) 일본에 속한 사람이 아니라 우리나라에 속한 사람이다.　　(　　　)

4 글쓴이가 이 글을 쓴 의도와 목적을 알맞게 말한 친구에 ○표 하세요.

추론

(1) 감옥에서 지켜야 할 예절을 후손들에게 알리려는 거야!

(2) 독립을 향한 의지와 애국심을 후손들에게 보여 주려는 거야!

(3) 이름을 바꾸는 방법을 후손들에게 알리려는 거야!

2주 2일 학습 끝!

붙임 딱지 붙여요.

08 주장에 대한 근거가 타당한지 판단하기

★ 다음 주장에 알맞은 근거를 찾아 사다리를 타고 따라가 보세요.

(1) 스마트폰을 오래 하지 말자.

(2) 초등학생은 화장을 하지 말자.

① 눈이 나빠진다.

② 피부 문제가 발생한다.

③ 화학 물질이 호르몬에 영향을 준다.

④ 연예인을 모방하려는 성향을 가진다.

⑤ 스마트폰 중독이 된다.

⑥ 거북목 증후군이 생길 수 있다.

주제 탐구

글쓴이의 주장이 적절한지 살피며 읽을 때에는 근거가 주장과 관련이 있는지, 근거가 주장을 뒷받침하는지를 판단하며 읽어야 합니다. 이때, 근거를 뒷받침하는 자료가 믿을 만한지도 함께 살펴보아야 합니다.

● (1~3) 다음을 보고 물음에 답하세요.

1 이 만화에서 재환이의 주장을 찾아 색칠하세요.

| (1) 쓰레기를 버리지 말자. | (2) 쓰레기가 생기지 않도록 하자. | (3) 쓰레기를 종류별로 나누어서 버리자. |

2 〈문제 1번〉의 주장에 대한 근거 ㉠~㉢이 타당한지 판단하여 ○표 하세요.

근거	근거가 주장과 관련 있는가?		근거가 주장을 뒷받침하는가?	
(1) ㉠	☹	☺	☹	☺
(2) ㉡	☹	☺	☹	☺
(3) ㉢	☹	☺	☹	☺

3 ㉠~㉢ 중 타당하지 않은 근거를 골라 그렇게 생각한 까닭과 함께 쓰세요.

(1) 타당하지 않은 근거: (   )

(2) 그렇게 생각한 까닭: ----------------------------------

----

1 도덕

㉠~㉤ 중 주장과 관련이 <u>없는</u> 근거는 어느 것입니까? (   )

중학교에 올라가면 한 학기 동안 자신의 적성과 진로를 찾을 수 있는 다양한 체험 활동을 하는 자유 학기제를 체험하게 됩니다. 자유 학기제는 여러 가지 장점이 많습니다.
㉠첫째, 무거운 시험 부담에서 잠시나마 벗어날 수 있습니다. ㉡둘째, 하고 싶은 일을 경험할 수 있어 학생의 만족도와 성취감이 높습니다. ㉢셋째, 한 학기 동안 자신의 꿈을 찾아갈 수 있는 시간을 얻을 수 있습니다. ㉣넷째, 학생들 스스로가 하는 평가는 공정하기 어렵습니다. ㉤마지막으로, 다양한 체험 활동을 통해 창의력을 키울 수 있습니다. 이처럼 장점이 많은 자유 학기제를 확대해 나가야 합니다.

① ㉠   ② ㉡   ③ ㉢   ④ ㉣   ⑤ ㉤

2 사회

㉠의 근거가 주장을 뒷받침하지 <u>못하는</u> 까닭에 ○표 하세요.

요즘 유명 명품의 옷, 가방, 신발 등을 구입하는 청소년들이 늘어나고 있습니다. 이 현상은 다음과 같은 문제가 있습니다.
첫 번째는 명품을 신거나 입은 친구를 보고 모방하고 싶은 마음이 들 수 있습니다. 이런 현상은 필요 없는 소비를 불러 일으킵니다. ㉠두 번째, 명품을 사는 청소년이 명품을 사지 않는 청소년보다 많습니다. 마지막으로 명품을 사기 위해서 부모님께 큰 경제적 부담을 줄 수 있습니다.
그러므로 명품을 구입하기보다 학생 신분에 맞는 합리적인 소비를 하여야 합니다.

난 명품이야!

(1) 출처가 여러 개이기 때문에   (   )

(2) 확인되지 않은 사실이기 때문에   (   )

(3) 글의 주장과 관련이 없기 때문에   (   )

3 글쓴이의 주장에 대한 근거를 알맞게 판단한 친구에 ○표 하세요.

유형 3 주장에 대한 근거의 타당성 판단하기

글쓴이의 주장에 대한 근거가 타당한지 판단하는 문제입니다.

심야 깊은 밤.
차단하는 다른 것과의 관계나 접촉을 막거나 끊는.
위축시킬 어떤 힘에 눌려 졸아들고 기를 펴지 못하게 할.
폐지되어야 실시하여 오던 제도나 법규, 일 따위를 그만두거나 없애야.

실과

인터넷 게임에 중독된 학생을 보호하기 위해 심야 시간에 청소년의 게임 접속을 차단하는 셧다운제가 현재까지 실시되고 있다. 그런데 이 셧다운제는 여러 가지 문제가 있다.

첫 번째는 청소년의 자유권을 침해한다. 셧다운제는 만 16세 미만 청소년을 대상으로 자정부터 오전 6시까지 게임 접속을 차단하고 있기 때문에 청소년의 자기 결정권을 침해하는 것이다.

그리고 셧다운제는 게임 산업을 위축시킬 우려가 있다. 온라인 게임 산업은 케이 팝(K-POP), 영화, 드라마 등과 더불어 한류를 대표하는 산업으로 자리 잡고 있는데, 지금과 같이 셧다운제가 유지되면 국내 시장에서 발전을 기대하기 힘들 것이다. 실제로 한 국내 유명 게임 업체는 본사를 일본으로 옮겼다고 한다.

마지막으로 청소년들이 셧다운제에 걸리지 않는 부모님의 주민 등록 번호를 몰래 사용할 가능성이 있다. 청소년들이 부모님의 주민 등록번호를 얼마나 몰래 사용했는지 확인하기 힘들지만, 문화 연대 및 청소년 인권 단체에서 11~19세의 청소년 505명을 대상으로 설문 조사한 결과 전체의 85.5퍼센트가 어른의 주민 등록증을 몰래 사용할 수 있다고 생각하는 것으로 나타났다.

이런 여러 가지 문제를 가지고 있어서 청소년들에게 실질적인 도움이 되지 않는 셧다운제는 폐지되어야 한다.

(1) 지선: 청소년의 자유권을 침해한다는 근거는 주장을 뒷받침하지 못하고 있어. ( )

(2) 용주: 셧다운제가 게임 산업을 위축시킬 우려가 있다는 근거는 주장과 관련이 없는 근거야. ( )

(3) 선희: 부모님의 주민 등록 번호를 몰래 사용할 가능성이 있다는 근거는 주장과 관련이 있고, 주장을 잘 뒷받침하고 있어. ( )

●글의 종류 논설문

●글의 특징 세 가지 근거를 들어 국제 사회가 난민에 대한 대책을 마련해야 한다는 주장을 쓴 글입니다.

●중심 내용
1문단 난민 대책을 마련해야 하는 까닭을 살펴보기로 함.
2문단 난민 문제는 모든 나라의 문제임.
3문단 난민도 인간으로서 존엄성을 인정받아야 하는 존재임.
4문단 난민에 대한 대책을 마련하지 않을 경우 더 큰 사회 문제가 발생할 수 있음.
5문단 난민의 생명과 존엄을 생각하며 하루빨리 대책을 마련해야 함.

●낱말 풀이
재난 뜻밖에 일어난 재앙과 고난.
박해 못살게 굴어서 해롭게 함을 뜻함.
협약 단체와 개인, 또는 단체와 단체 사이에 서로 의논하여 결정함.
채택되면서 작품, 의견, 제도 따위를 골라서 다루거나 뽑아 쓰면서.
체류하는 객지에 가서 머물러 있는.

지문
★ ★ ☆

낱말
★ ★ ☆

전쟁, 재난, 박해 같은 위험한 상황을 피해서 살던 나라를 떠난 사람을 난민이라고 합니다. 현재 전 세계적으로 난민의 수가 점점 늘고 있는데 이에 대한 대책은 부족한 실정입니다. 국제 사회가 난민 대책을 마련해야 하는 까닭을 살펴보겠습니다.

먼저, 난민 문제는 어느 한 나라의 문제가 아니라 모든 나라의 문제이기 때문입니다. 난민은 전쟁이나 재난, 정치·종교 문제, 소수 민족의 갈등 등의 여러 가지 원인으로 몇몇 나라에서 발생합니다. 이렇게 생겨난 난민이 나라 밖을 떠돌면 이웃 나라뿐 아니라 여러 나라에 영향을 끼칠 수밖에 없습니다. 실제로 최근에 예멘, 시리아에서 발생한 난민이 가까운 유럽뿐 아니라 전 세계에 영향을 주고 있습니다.

둘째, 난민도 인간으로서 존엄성을 인정받아야 하는 존재이기 때문입니다. 난민은 1951년 유엔에서 난민 지위에 관한 협약이 채택되면서 국제적으로 보호받을 권리를 갖게 되었습니다. 그럼에도 불구하고 자신의 나라가 겪을 불편만을 생각해 난민을 외면한다면 난민은 인간으로서 누려야 할 권리를 누리지 못한 채 생존의 위협을 받을 수밖에 없습니다.

마지막으로, 늘어나는 난민에 대한 대책을 마련하지 않을 경우 더 큰 사회 문제가 발생할 수 있습니다. 늘어난 난민을 내버려 둘 경우에 심각한 위험 상황에 노출될 수밖에 없습니다. 현재 유럽 여러 나라에서는 불법 체류하는 난민 때문에 빈부 격차, 강력 범죄 등 심각한 사회 문제가 발생하고 있습니다.

난민은 여러 가지 상황으로 인해 어려움에 빠진 사람들입니다. 그러므로 난민의 생명과 존엄을 생각하여 하루빨리 대책을 마련해야 합니다. 이를 위해서 국제 사회는 머리를 맞대고 더 깊게 고민해 보아야 합니다.

1 난민은 무엇인지 빈칸에 알맞은 말을 쓰세요.

이해

난민은 [   ]이다.

2주 3일
학습 끝!

붙임 딱지 붙여요.

2 이 글에 나타난 글쓴이의 주장은 무엇입니까? (   )

이해

① 난민을 받아들이면 안 된다.

② 난민을 무조건 받아들여야 한다.

③ 난민에 대한 법을 만들어야 한다.

④ 국제 사회가 난민에 대한 대책을 마련해야 한다.

⑤ 국제 사회가 난민에 대한 관심을 거두어들여야 한다.

3 글쓴이의 주장에 대한 근거를 모두 고르세요. (   )

이해

① 난민 문제는 먼 나라의 문제이기 때문이다.

② 난민 문제는 모든 나라의 문제이기 때문이다.

③ 난민도 인간으로서의 존엄성을 인정받아야 하기 때문이다.

④ 난민 문제는 특정한 나라에서 발생하는 문제이기 때문이다.

⑤ 난민 문제에 대한 대책을 마련하지 않을 경우 더 큰 사회 문제가 될 수 있기 때문이다.

4 글쓴이의 주장에 대한 근거를 한 가지 골라 근거의 타당성을 판단하여 쓰세요.

비판

★ 다음 경리네 가족의 단체 대화방을 보고 알맞은 자료를 골라 ○표 하세요.

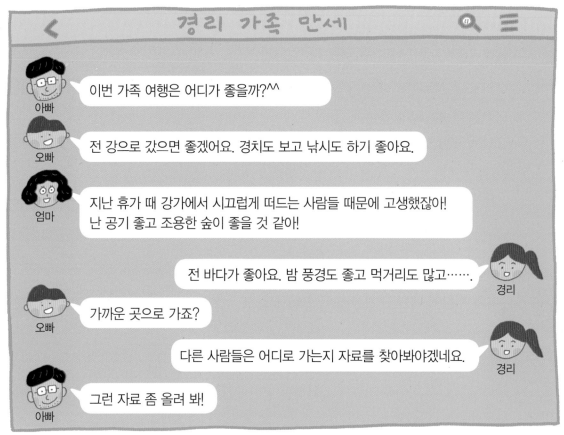

경리 가족 만세

아빠: 이번 가족 여행은 어디가 좋을까?^^

오빠: 전 강으로 갔으면 좋겠어요. 경치도 보고 낚시도 하기 좋아요.

엄마: 지난 휴가 때 강가에서 시끄럽게 떠드는 사람들 때문에 고생했잖아! 난 공기 좋고 조용한 숲이 좋을 것 같아!

경리: 전 바다가 좋아요. 밤 풍경도 좋고 먹거리도 많고……

오빠: 가까운 곳으로 가죠?

경리: 다른 사람들은 어디로 가는지 자료를 찾아봐야겠네요.

아빠: 그런 자료 좀 올려 봐!

(1) 인터넷에서 찾은 지도 자료

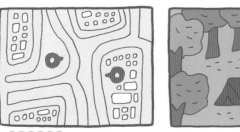

(2) 책에서 찾은 숲 그림 자료

(3) 신문에서 찾은 여행지 설문 조사 자료

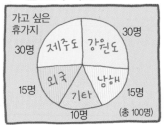

가고 싶은 휴가지
제주도 30명
강원도 30명
외국 15명
남해 15명
기타 10명
(총 100명)

주제 탐구

논설문에서 글쓴이의 주장에 대한 근거로 사용된 자료를 평가할 때에는 자료가 근거와 관련이 있는지, 자료가 근거를 뒷받침하는지, 믿을 만한 자료인지 살펴보아야 합니다. 이를 위해서는 자료의 출처와 전문가의 의견인지, 최신 자료인지를 따져 보아야 합니다.

● (1~2) 다음을 읽고 물음에 답하세요.

| 사회 | ○○ 신문 | 20○○년 8월 11일 화요일 |

휴가철 질서 위반 심각하다

사람들이 많이 몰리는 여름철 휴가지에서 해마다 공공질서를 어기는 일이 반복된다. 교통 법규 위반, 소음 발생, 쓰레기 버리기 등 배려 없이 행해지는 행동이 그것이다.

먼저 휴가철 고속도로 정체 구간에서 갓길로 운전하거나 끼어들기 운전을 하는 경우이다. '나만 빨리 가면 되지.'라는 이기적인 생각을 버리고 다른 사람을 배려하는 마음을 가져야 한다.

그리고 휴가지에서 밤늦도록 소리를 지르거나 노래를 부르는 등 소음을 일으키는 경우이다. 휴가지에서 자유를 만끽하고 싶은 마음으로 일어나는 이 문제는 밤늦도록 계속되는 소음으로 인해 고통받을 사람을 생각한다면 바로잡아야 한다.

마지막으로 집으로 돌아갈 때 쓰레기를 올바르게 처리하지 않고 버리고 가는 경우이다. 다시 오지 않을 곳이라는 생각 때문에 발생하는 이 문제는 다음에 올 사람을 배려하고 지역 주민들의 수고로움을 생각해서 바로잡아야 한다.

휴가는 일상에서 벗어나 새로운 활력을 얻기 위해 떠나는 것이다. 자유롭고 싶은 마음만큼 다른 사람을 배려하고 성숙한 시민 의식을 발휘해야 할 때이다.

나○○ 편집위원

1 이 자료에서 알려 주는 내용에 ○표 하세요.

(1) 휴가를 가지 말자.　　　　　　　　　　　　　　　　(　)

(2) 휴가철 공공질서를 지키자.　　　　　　　　　　　　(　)

2 이 글에 필요한 자료를 만들었어요. 다음 자료 수집 카드의 빈칸에 알맞은 말을 쓰세요.

내용	자료 종류
위험한 갓길 운전	(1)
	출처
	○○방송 뉴스
	알려 주는 것
	(2)

유형 1 주장에 대한 근거를 뒷받침하는 자료 찾기

스승의 날의 행사 실태에 알맞은 자료를 찾는 문제입니다.

취지 어떤 일의 근본이 되는 목적이나 긴요한 뜻.
재량 휴업 초중고교에서 학교장의 판단으로 학교 수업을 하지 않음.
고안해야 연구하여 새로운 안을 생각해 내야.

1 ㉠을 뒷받침하는 자료로 가장 알맞은 것에 ○표 하세요.

국어

스승의 날은 선생님 은혜에 감사하자는 취지로 만들어진 날이다. 그런데 언제부터인가 스승의 날이 교사나 학생, 학부모 모두에게 부담스러운 날이 되었다. ㉠이 때문에 스승의 날 행사를 하지 않고 학교장 재량 휴업을 하거나 오전 단축 수업을 하는 학교가 늘고 있다. 국민 권익 위원회는 학생 대표의 카네이션만이 스승의 날 선물로 인정된다고 밝힌 바 있다.

스승은 예나 지금이나 학생을 바른 길로 인도해 주시는 고마운 분이다. 그러므로 스승의 날에 선생님의 고마움을 되새길 수 있는 여러 방법들을 고안해야 한다.

(1) 책에서 스승의 날의 유래를 찾은 책 　　　　　　　　　(　　)

(2) 스승의 날 학교 행사 실태에 관한 설문 조사 　　　　　(　　)

(3) 스승의 날에 하기 좋은 행사를 검색한 인터넷 기사 　　(　　)

유형 2 자료 수집 카드의 구성 요소 알기

근거를 뒷받침하는 자료를 수집하기 위해 사용하는 자료 수집 카드의 구성 요소를 파악합니다.

2 이 글을 읽고, 자료 수집 카드의 빈칸에 들어갈 내용을 쓰세요.

도덕

우리나라 청소년들은 친구에게 가장 많이 고민거리를 털어놓는 것으로 나타났다. 통계청이 2018년 13~24세 청소년을 대상으로 고민거리를 털어놓을 수 있는 상대를 설문 조사한 결과 이 중 49.1퍼센트가 친구에게, 28퍼센트가 부모님께, 13.8퍼센트가 스스로 해결한다고 대답했다. 이밖에 형제(5.1퍼센트), 선후배(1.5퍼센트), 선생님(1.5퍼센트), 기타(1퍼센트)의 순서로 고민을 털어놓는 것으로 나타났다.

내용	자료 종류
청소년 고민 상담 대상	설문 조사
친구 49.1 / 부모님 28 / 스스로 13.8 / 형제 5.1 / 선후배 1.5 / 선생님 1.5 / 기타 1　(단위:퍼센트)	출처
	(1)
	알려 주는 것
	(2)

3 이 글에서 근거로 활용한 자료를 가장 알맞게 판단한 친구에 ○표 하세요.

실과

 유형 3 자료 평가하기

근거로 사용된 자료가 근거의 내용과 관련이 있는지, 출처가 분명한지, 전문가의 의견인지, 객관적 자료인지를 기준으로 하여 판단해 보는 문제입니다.

추세 어떤 현상이 일정한 방향으로 나아가는 경향.
주관적인 자기의 견해나 관점을 기초로 하는. 또는 그런 것.

우리 국민, 여가 생활 만족도 점점 줄어

우리나라 국민이 여가 생활에 만족하는 정도가 점점 줄어든 것으로 나타났다. 문화 체육 관광부에서 2018년에 실시한 국민 여가 활동 설문 조사 결과에 따르면, 여가 시간이 충분하다고 응답한 사람의 비율은 2018년 52.4퍼센트로 2014년 66.2퍼센트, 2016년 60.1퍼센트에 이어 줄어드는 추세이다. 평일보다는 휴일에 여가 시간이 충분하다고 느끼는 것으로 나타났다. 연령대별로 여가 시간의 충족 정도가 다른데, 일과 공부로 바쁜 30~40대와 10대에서 낮고 60대 이상의 고령 인구에서는 높게 나타났다.

여가 시간은 사람들의 여가 활동과 삶의 질과 행복 수준을 높이는 데에 매우 중요하다. 여가 시간이 많아지면 여가 활동이 늘어나고 삶의 질이 높아질 것으로 기대된다. 하지만 여가 시간의 양과는 상관없이 각자에게 주어진 여가 시간이 충분한지는 개인의 주관적인 평가를 통해서만 알 수 있다.

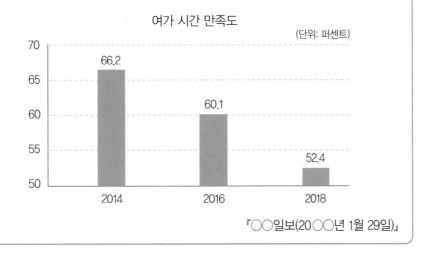

여가 시간 만족도
(단위: 퍼센트)

『○○일보(20○○년 1월 29일)』

(1) 이야기에 나오는 말이라서 믿을 만한 자료가 아니야.

(2) 전문 기관의 자료이니까 무조건 믿어야겠네!

(3) 근거와 관련 있고 정확한 수치가 나타난 객관적인 자료라서 믿을 만해.

독해력 쑥쑥

●글의 종류 논설문

●글의 특징 매체에서 양성
평등 의식을 보여 주려고 노
력해야 한다는 주장을 하고
있습니다.

●중심 내용
1문단 드라마나 광고에 성차
별 장면이 자주 등장하며 올
바른 방향을 모색해야 함.
2문단 드라마에는 주 시청층
이 좋아하는 내용과 연결시
켜서 남녀를 차별하는 모습
이 자주 등장함.
3문단 광고는 주요 소비층에
호소하기 위해 성차별적 장
면을 등장시킴.
4문단 매체의 성차별적 요소
에도 불구하고 청소년들 대
다수는 양성평등 의식을 가
지고 있음.
5문단 방송이나 광고에서는
변화하는 사고의 흐름을 반
영한 프로그램이나 광고를
만들려고 노력해야 함.

●낱말 풀이
모색해 일이나 사건 따위를
해결할 수 있는 방법이나 실
마리를 더듬어 찾아.
고부 시어머니와 며느리를
아울러 이르는 말.
부각시켜 특징적으로 두드러
지게 나타나게 하여.
왜곡시켜 사실과 다르게 해
석하거나 그릇되게 만들어.

　변화하는 양성평등 의식과 달리 아직도 매체에 성차별 장면이 자주 등장한다. ㉠'암탉이 울면 집안이 망한다', '남자는 하늘, 여자는 땅'과 같은 속담은 옛말이 되었지만 드라마나 광고에 비추어지는 남성과 여성의 역할은 여전히 그대로이다. 이와 같은 현상의 원인을 찾고, 올바른 방향을 모색해 보아야 한다.

　드라마는 시청률을 높이기 위해서 드라마를 주로 시청하는 중년층, 고령층이 좋아하는 내용에 맞추는 경향이 있다. 그러다 보니 ㉡고부 간의 갈등, 동서 간의 갈등, 가부장적 가정의 갈등 등 남녀를 차별하는 모습이 자주 등장한다. 하지만 점점 시간이 흐르면서 여성 지도자, 남성 주부와 같은 전통적 남녀의 역할을 깨는 장면이 점점 느는 추세이다.

　제품의 장점을 부각시켜 소비자의 구매를 이끌어 내야 하는 광고 역시 그렇다. 주요 소비층의 심리를 파고들기 위해 전통적인 남녀의 역할을 왜곡시켜 반영하기도 한다. 예를 들어, '육아는 여성의 몫'이라는 의식을 이용하여 유모차를 끄는 여자를 등장시킨다든지, '남자는 경제적 능력이 있어야 한다'는 의식을 이용하여 식사비를 지불하는 남자를 등장시키는 것이다. 하지만 최근에는 변화하는 사회 모습을 반영하여 체력을 단련하는 여성과 육아를 하는 남편 등을 등장시키기도 한다.

　㉢이와 같은 방송과 광고의 성차별 의식과는 달리 요즘 청소년들은 남자와 여자는 모든 면에서 평등한 권리를 가져야 한다고 생각한다. 통계청과 한국청소년정책연구원이 2018년 초등학교 고학년, 중고등학생을 대상으로 설문 조사한 결과, 이와 같이 대답한 학생이 96.2퍼센트로 나타났다. 성별로 보면, 여학생(97.8퍼센트)이 남학생(94.8퍼센트)보다 양성평등 의식이 더 강한 것으로 드러났다. 그리고 양성평등 의식을 가진 청소년은 매년 증가하고 있으며, 특히 남학생의 양성평등 의식은 꾸준히 증가하고 있는 것으로 나타났다. 그러므로 시간이 흐를수록 성차별적 방송과 광고는 이들을 설득시킬 수 없게 될 것이다.

　방송이나 광고에서는 변화하는 사고의 흐름을 반영하여 양성평등을 보여 주려는 노력을 해야 한다.

1 이 글에 나타난 글쓴이의 주장에 ○표 하세요.

이해

(1) 성차별을 하지 말아야 한다. ( )

(2) 전통적인 남녀의 역할을 인정해야 한다. ( )

(3) 방송이나 광고에서 양성평등을 보여 주려는 노력을 해야 한다. ( )

2주 4일
학습 끝!

붙임 딱지 붙여요.

2 보기 의 뜻을 참고하여 ㉠과 반대되는 뜻으로 쓰인 낱말을 찾아 쓰세요.

어휘

보기

양쪽 성별에 권리, 의무, 자격 등이 차별 없이 고르고 한결같음.

( )

3 ㉡의 자료가 뒷받침하는 근거는 무엇입니까? ( )

이해

① 드라마는 시대를 반영한다.　　　　② 광고에 성차별 장면이 많다.

③ 드라마에 성차별 장면이 많다.　　　④ 중장년층이 드라마를 많이 본다.

⑤ 요즘 청소년들은 대부분 양성평등 의식이 높다.

4 ㉢을 뒷받침하기 위한 다음 자료에 대해 알맞게 말한 친구에 ○표 하세요.

비판

청소년의 양성평등 의식

한국청소년 정책 연구원, 아동·청소년 인권 실태 조사

(1) 근거와 관련이
없는 자료야!

(2) 전문가의 의견이
아니어서 근거를
뒷받침하지 못해.

(3) 근거를 뒷받침하며
출처가 분명한
믿을 만한 자료야!

10 기사문을 읽고 글쓴이의 생각 파악하기

2주

★ 텔레비전 뉴스 속 광고에 나타난 글쓴이의 생각을 알맞게 말한 친구에 ○표 하세요.

요즈음 스마트폰 때문에 고민 많으시죠? 이런 광고까지 등장했습니다. 사회부 ○○○ 기자의 보도입니다.

밥 한 번, 스마트폰 한 번

가족과의 식사 시간, 친구와의 대화 시간
사랑하는 사람을 앞에 두고
스마트폰에 시선을 빼앗긴 사람들
당신도 스마트폰을 보고 있지는 않나요?
스마트폰 사용량 전 세계 1위 대한민국
스마트폰 사용 만큼은 **구두쇠가 되어도 좋습니다**

kobaco
공익광고협의회

(1) 스마트폰 사용 시간을 줄이자는 거야.

(2) 식사할 때 스마트폰을 매달아 놓자는 거야!

(3) 스마트폰을 버리자는 거야!

주제 탐구

기사문에서 글쓴이의 생각을 파악하려면 글의 제목, 낱말이나 표현을 살펴보아야 합니다. 글쓴이의 생각이 담긴 문장이나 문단을 찾아보고, 사진이나 그림 등이 의미하는 것을 살펴봅니다. 기사문을 읽을 사람, 글쓴이의 의도와 목적을 생각합니다.

● (1~2) 다음을 읽고 물음에 답하세요.

스마트폰 사용자 5명 중 1명은 과의존 위험군, 매년 상승 추세

우리나라 국민 5명 중 1명이 스마트폰 과의존 위험군이고, 해마다 증가하고 있는 것으로 나타났다. 과학 기술 정보 통신부가 2018년에 발표한 자료에 따르면 스마트폰을 오래 사용해서 사회생활에 어려움을 겪는 과의존 위험군이 전체 스마트폰 사용자의 19.1퍼센트이고, 2014년부터 꾸준히 증가하는 것으로 조사됐다. 세대별로는 청소년이 29.3퍼센트에 이르러 가장 높은데, 이에 대한 대책이 필요한 것으로 분석됐다.

『△△신문』

1 이 글에 대한 설명으로 빈칸에 들어갈 알맞은 낱말을 [보기] 에서 찾아 쓰세요.

[보기]

| 표현 | 내용 | 제목 | 분석 | 의도 |

• 글쓴이가 '스마트폰 사용자 5명 중 1명은 과의존 위험군, 매년 상승 추세'라고 (1) (   )을/를 붙인 까닭은 무엇일까?

글쓴이의 주장이나 생각을 가장 잘 드러내기 때문이다.

• 글에서 '과의존, 어려움, 증가'와 같은 낱말을 사용한 까닭은 무엇일까?

글쓴이의 생각을 낱말이나 문장 등의 (2) (   )(으)로 드러내려고 하기 때문이다.

• 글쓴이가 '대책'이라는 낱말을 쓴 까닭은 무엇일까?

스마트폰 과의존에 대한 대책이 필요하다는 글쓴이의 (3) (   )(이)나 목적을 표현하기 위해서이다.

2 이 글에 나타난 글쓴이의 생각을 정리하여 쓰세요.

1 **이 기사문의 제목에 나타난 글쓴이의 생각으로 알맞은 것에 ○표 하세요.**

국어

유행하는 어린이 화장, 피부병 일으킬 수 있다

최근 어린이들에게 '화장 놀이', '공주 잔치' 등의 놀이가 인기를 끌고 있습니다. 그리고 어린이가 직접 화장 기술을 보여 주는 어린이 1인 방송 제작자는 150만 구독자를 지니며 어린이들 사이에 큰 영향을 끼치고 있습니다.

그러나 어린이들의 화장은 피부 건강에 해를 끼칩니다. 어린이는 피부가 연약하기 때문에 화장품이 피부에 자극을 주어 피부병을 일으킬 수 있습니다.

『○○뉴스(20○○년 10월 26일)』

---

(1) 어린이가 화장을 해도 된다. ( )

(2) 어린이가 화장하는 것은 좋지 않다. ( )

2 **이 글을 쓴 글쓴이의 의도나 목적은 무엇입니까? ( )**

사회

2029년이 되면 우리나라 인구가 감소하기 시작하고, 여성 인구가 남성 인구보다 높을 것으로 전망됩니다. 통계청이 발표한 '장래인구특별추계'를 보면 2029년에 한국의 여성 인구 수는 2,598만 1,454명, 남성은 2,595만 9,144명으로, 처음으로 여성 인구가 남성 인구보다 많아질 전망입니다. 이것은 2002년부터 시작된 초저출산율 수준(1.3명 미만)이 2018년에는 0.98명에 이르러, 역대 최초로 1명 미만 수준으로 떨어진 데 근거한 것입니다.

이러한 인구의 감소는 국가 경쟁력의 약화를 가져올 수 있습니다. 인구 감소에 대한 대책과 인구를 늘리기 위한 사회 각 분야의 노력이 필요할 것으로 분석됐습니다.

『○○뉴스(20○○년 3월 28일)』

---

① 여성 인구를 늘리기 위해서

② 남성 인구를 늘리기 위해서

③ 고령 인구를 줄이기 위해서

④ 인구가 줄어들면 많은 문제가 해결됨을 알리기 위해서

⑤ 인구가 줄어드는 현상을 늦추어야 하는 것을 알리기 위해서

3

이 글에서 제시한 글쓴이의 생각을 알맞게 적용한 친구에 ○표 하세요.

유형 3 글쓴이의 생각을 파악하여 적용하기

글쓴이의 생각을 정확하게 파악해서 자신의 상황과 연결시켜 보는 문제입니다.

타르 색소 콜타르를 원료로 하는 색소. 염료로 널리 쓰이고 있으나 인체에 유독한 것도 있음.
검출되었습니다 화학 분석에서, 시료 속에 있는 화학 종이나 미생물 등이 있는지가 밝혀졌습니다.
과잉 행동 지나치게 비정상적일 정도로 활동적인 행동.

실과

최근 인기를 끈 마카롱 일부 제품에서 기준치를 넘는 미생물과 타르 색소가 검출되었습니다. 한국 소비자원이 2019년 21개 상표를 수집하여 조사한 결과 6개 회사 제품에서 황색 포도상 구균이 검출되었고 2개 회사의 제품에서 어린이들에게 과잉 행동을 일으킬 수 있는 타르 색소가 검출되었습니다. 그리고 17개 상표 중 8개 상표에서 제품 표시가 부족한 것으로 나타났습니다.

그런데 더 문제가 되는 것은 마카롱 제품을 개선하고 관리할 규정이 없다는 것입니다. 즉, 마카롱은 빵이 아니라 과자류로 분류되어 있기 때문에 제조사 스스로 품질 검사를 할 의무가 없습니다.

그러므로 소비자들은 마카롱을 구입할 때 마카롱의 정보를 정확히 파악하고 주의하여 선택해야 합니다. 작고 예쁘고 달콤하다고 무조건 선택할 것이 아니라 마카롱의 성분이 표시된 제품인지 따져 보고 구입해야 합니다. 그리고 관련 기관에서는 마카롱 관련 식품 위생법을 개정할 필요가 있습니다.

『○○뉴스(20○○년 5월 23일)』

(1) 검사가 끝났으니까 예쁜 마카롱을 취향대로 선택해야겠군.

(2) 예쁜 마카롱을 좋아하는데 이제 아예 먹지 못하겠군!

(3) 색깔이 예쁜 것보다는 성분을 따져보고 마카롱을 사 먹어야겠군.

● **글의 종류** 논설문

● **글의 특징** ㈎ 노 키즈 존의 도입이 필요하다고 주장하는 글입니다.
㈏ 노 키즈 존은 필요하지 않다고 주장하는 글입니다.

● **중심 내용**
㈎ 1문단 노 키즈 존에 대한 논란이 뜨거움.
2문단 설문 조사 결과 공공장소에서 불편을 느낀 경험이 많음.
3문단 노 키즈 존 도입은 상점 주인의 선택에 달려 있음.
㈏ 1문단 노 키즈 존은 인권을 침해할 우려가 있음.
2문단 말썽을 일으키는 소수의 어린이 때문에 많은 어린이와 부모들이 피해를 보는 것은 부당한 일임.
3문단 어린이를 배려하는 방법과 공공장소에서의 예절 교육이 이루어진다면 노 키즈 존은 필요하지 않음.

● **낱말 풀이**
논란 여럿이 서로 다른 주장을 내며 다툼.
동반한 일을 하거나 길을 가는 따위의 행동을 할 때 함께 짝을 하는.
부당한 이치에 맞지 아니한.

㈎ 공공장소에서 아이들의 출입을 제한하는 '노 키즈 존(No Kids Zone, 어린이 제한 구역)'에 대한 논란이 뜨겁습니다. 대부분의 어른들이 공공장소에서 영유아 및 어린이로 인해 불편을 겪은 경험이 있는 것으로 나타났습니다.

시장 조사 전문 기업인 ○○사가 전국 만 19~59세 성인 남녀 1,000명을 대상으로 '노 키즈 존'과 관련한 설문 조사 결과 60.9퍼센트가 공공장소에서 불편을 느낀 적이 있다고 대답했습니다. 불편을 겪었던 장소로는 음식점(71.4퍼센트, 중복 응답)을 가장 많이 꼽았으며, 카페(33.8퍼센트)와 지하철(15.8퍼센트), 극장(14.3퍼센트), 대형 마트(13.5퍼센트)의 순서였습니다.

결국 노 키즈 존은 공공장소에서 다수가 겪는 고통을 생각할 때 소수가 받아들여야 할 예의라고 할 수 있습니다. 그러므로 노 키즈 존을 도입하는 것은 상점 주인의 선택에 달려 있습니다.

㈏ 아이들의 출입을 제한하는 '노 키즈 존'을 써 붙인 상점들이 점점 늘고 있습니다. 그런데 이것은 어린이와 어린이를 동반한 고객의 권리를 침해하여 인권을 침해할 우려가 있습니다.

노 키즈 존은 말썽을 일으키는 어린이 소리 때문에 조용하게 쇼핑이나 식사를 할 수 없어서 만들었지만 말썽을 일으키는 아이들은 일부에 불과합니다. 소수의 어린이 때문에 많은 어린이와 부모들이 피해를 보는 것은 부당한 일입니다.

음식점이나 극장에서 어린이를 위해서 간단한 놀이 용품이나 그림책 등을 비치하는 배려가 필요합니다. 그리고 어린이 전체가 아니라 뛰거나 소리를 지르는 특정 문제 행동만을 금지시켜야 합니다. 어린이집이나 유치원 등에서 부모와 아이에게 공공장소에서의 예절 교육이 먼저 이루어진다면 노 키즈 존은 필요하지 않습니다.

1 ⑺와 ⑷ 중 다음 글쓴이의 생각이 나타난 글의 기호를 쓰세요.

이해

(1) 노 키즈 존은 필요하지 않다. ( )

(2) 노 키즈 존 도입이 필요하다. ( )

2주 5일 학습 끝!

붙임 딱지 붙여요.

2 ⑺에서 글쓴이의 생각이 나타난 표현을 모두 고르세요. ( )

이해

① 불편 ② 고통 ③ 극장

④ 공공장소 ⑤ 상점 주인의 선택

3 ⑷에 나타난 글쓴이의 주장에 대한 근거를 모두 고르세요. ( )

이해

① 노 키즈 존을 만들면 손님이 줄어든다.

② 노 키즈 존을 만들면 다른 상점에 피해를 준다.

③ 어린이를 동반한 부모들은 쇼핑을 하지 않는다.

④ 소수의 어린이 때문에 많은 어린이와 부모들이 피해를 보는 것은 부당하다.

⑤ 노 키즈 존은 어린이와 어린이를 동반한 부모의 인권을 침해할 우려가 있다.

4 ⑺와 ⑷를 쓴 글쓴이의 의도와 목적을 알맞게 판단한 친구에 ○표 하세요.

추론

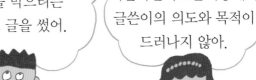

(1) ⑺는 상점 주인에게 이 문제에 대한 판단을 맡기려는 목적으로 글을 썼어.

(2) ⑷는 노 키즈 존의 확대를 막으려는 의도로 글을 썼어.

(3) ⑺와 ⑷ 모두 객관적인 자료를 사용해서 글쓴이의 의도와 목적이 드러나지 않아.

성격을 나타내는 관용 표현

'구김살이 없다.'에서 '구김살'은 '옷감이 구겨져서 생긴 금'이라는 뜻도 있지만, '얼굴 표정이나 성격이
어둡다.'는 뜻도 있어요. 따라서 '구김살이 없다.'는 말은 '표정이나 성격이 어둡지 않고 밝다.'는 뜻이지요.

- **배짱이 두둑하다** 조금도 굽히지 아니하고 버티어 나가는 성품이나 태도가 있다는 말이에요. 예 그는 호랑이도 겁내지 않는 <u>배짱 두둑한</u> 사내라네.
- **오지랖이 넓다** 무슨 일이든 참견하고 간섭하려고 한다는 뜻이에요.
  예 <u>오지랖도 넓구나</u>. 왜 너랑 상관도 없는 일까지 간섭하려고 하니?
- **그릇이 작다** 어떤 일을 해 나갈 만한 능력이나 도량이 부족하다는 뜻이에요.
  예 그는 큰일을 하기에는 <u>그릇이 작아</u>.
- **꼬장꼬장하다** 성미가 곧고 결백하여 남의 말을 좀처럼 듣지 않는 경향이 있다는 뜻이에요. 예 그 선비는 <u>꼬장꼬장한</u> 성품이라네.
- **변덕이 죽 끓듯 하다** 말이나 행동이 몹시 이랬다저랬다 한다는 뜻이에요.
  예 간다고 했다가 안 간다니, <u>변덕이 죽 끓듯</u> 하는구나.

1 이완의 성격에 알맞은 말을 골라 ○표 하세요.

> "이곳은 도둑들의 소굴이에요. 얼른 도망가세요."
> "도둑놈들이야 무섭지 않으니, 오늘 밤 여기서 신세를 지겠습니다."
> 잠시 뒤, 아낙의 말대로 도둑들이 몰려왔다. 이완을 발견하고는 밧줄로 꽁꽁 묶어 천장에 달아맸다. 그러고는 고기를 구워 먹기 시작했다. 이완은 도둑들에게 말했다.
> "손님은 안 주고 너희만 먹느냐? 나도 좀 다오!"

- 이 글에서 이완은 (꼬장꼬장한 / 배짱이 두둑한) 성격이다.

2 다음 속담과 바꾸어 쓸 수 있는 표현을 [보기]에서 골라 기호를 쓰세요. (   )

> **보기**
> ㉮ 그릇이 작다.　　㉯ 오지랖이 넓다.　　㉰ 배짱이 두둑하다.

> 남의 잔치에 감 놓아라 배 놓아라 한다.

이번 주 나의 독해력은?			
이번 주 학습을 모두 끝마쳤나요?	☺	☺	☹
다양한 읽을거리에서 글쓴이의 생각을 파악할 수 있나요?	☺	☺	☹
주장에 대한 근거가 타당한지 판단할 수 있나요?	☺	☺	☹

11 매체 자료 활용하기

3주

★ 친구들이 본 매체 자료가 무엇인지 친구들의 말을 표시한 색깔로 빙고판에 색칠하세요.

(1) 나는 세계 어린이들의 놀이가 궁금했어. 그래서 어린이들이 노는 모습을 역동적으로 보여 주는 □□ 자료를 찾아서 보았어.

강	아	기	가	민	손
바	다	홍	나	흥	표
초	시	영	상	다	리
모	차	하	늘	카	토
조	사	바	음	악	파
아	진	호	소	바	람

(2) 나는 '제주도의 사계절'이라는 글을 읽었어. 그 속에 실린 □□ 자료에서 자연의 모습이 정말 아름답고 실감나서 제주도에 가 보고 싶어.

(3) 나는 '여러 가지 아리랑'이라는 글을 읽고, 각 지방의 아리랑이 담긴 □□ 자료를 찾아보았어. 지역마다 아리랑의 내용과 선율이 달라서 신기했어.

(4) 나는 초등학생들이 희망하는 직업에 대한 글을 읽었어. 숫자로 정리한 □ 자료를 보니 명확하고 이해하기 쉬웠어.

주제 탐구

　어떤 사실이나 정보, 의견을 읽는 사람에게 전하려고 할 때 매체 자료를 활용할 수 있습니다. 영상, 사진, 표, 지도, 도표, 그림, 소리, 음악 등의 매체 자료에는 각각의 특성이 있습니다. 글을 읽을 때 주제에 맞는 매체 자료를 사용하였는지 살피며 읽습니다.

1 다음 자료의 종류와 효과를 알맞은 것끼리 선으로 이으세요.

(1)

① 표

㉮ 움직임이나 특징을 더 자세히 파악할 수 있다.

(2)

② 사진

㉯ 내용이 한눈에 정리되어 쉽게 이해할 수 있다.

(3)

③ 음악

㉰ 미세한 차이가 있는 소리나 음악의 느낌을 알 수 있다.

(4) 청소년들의 희망 직업

1	운동선수
2	교사
3	의사
4	조리사(요리사)
5	1인 방송 크리에이터
6	경찰관
7	법률 전문가 ⋮

④ 영상

㉱ 설명하기 어려운 대상의 모습을 쉽게 이해할 수 있다.

유형 1 사진 자료의 효과 알기

광고에서 사용한 사진이 주는 효과를 파악하는 문제입니다.

1 이 광고에서 사진이 주는 효과로 알맞은 것을 <u>모두</u> 고르세요. (   )

국어

① 내용을 알기 쉽게 전달한다.

② 게임 중독에 대한 관심을 불러일으킨다.

③ 보는 사람에게 게임을 하도록 유도한다.

④ 전달하려는 주제를 실감나게 표현한다.

⑤ 정확한 게임 이용 실태를 파악할 수 있다.

유형 2 글의 주제에 맞는 매체 자료 찾기

사물놀이 악기의 각 소리를 설명하는 데 알맞은 매체 자료를 찾습니다.

은은한 겉으로 뚜렷하게 드러나지 아니하고 어슴푸레하며 흐릿한.

2 이 글에 가장 알맞은 자료는 무엇인지 기호를 쓰세요. (   )

음악

사물놀이를 구성하는 꽹과리, 장구, 북, 징은 각각 소리가 다릅니다.

꽹과리는 요란하고 큰 소리를 냅니다. 연주자가 꽹과리를 잡은 손으로 악기의 뒷면을 눌렀다 떼었다 하면서 다양한 음을 냅니다.

징은 깊고 웅장한 소리를 냅니다. 힘을 빼고 살살 치면 부드러운 소리를 길게 울리면서 은은한 소리를 냅니다.

장구는 여름철 빗줄기가 떨어지는 소리같이 탄탄한 소리를 냅니다. 음의 높고 낮음, 길고 짧음 등을 통해 다양한 느낌을 줍니다.

북은 심장을 두드리는 것처럼 강하고 큰 소리를 냅니다. 박자를 알리는 소리를 내기 때문에 사물의 소리를 모으는 역할을 합니다.

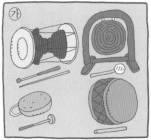
악기 사진

사물놀이 영상

사물놀이 사진

● (3~4) 다음을 보고 물음에 답하세요.

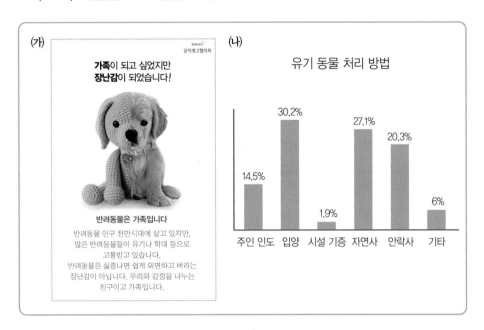

3 ㉮와 ㉯의 내용을 <u>잘못</u> 말한 친구에 ○표 하세요.

사회

(1) ㉮와 ㉯는 모두
반려동물과 관련된
문제를 보여 주고
있어.

(2) ㉮는 반려동물을
장난감 인형처럼
대해야 한다고
말하고 있어.

(3) ㉯는 유기 동물을
처리하는 방법의
현황을 보여 주고
있어.

유형 3 자료의 내용 파악하기

제시된 사진 자료와 표 자료의 내용을 파악하는 문제입니다.

4 ㉯를 활용할 수 있는 주제로 알맞은 것은 무엇입니까? (   )

사회

① 유기 동물의 종류는 다양하다.
② 반려동물 관련 시설을 확대하자.
③ 유기 동물 보호소를 많이 만들자.
④ 반려동물을 평생 책임지고 키우자.
⑤ 유기 동물 보호소에서 자원봉사를 하자.

유형 4 자료를 활용할 수 있는 주제 찾기

유기 동물 처리 방법을 분석한 표 자료를 활용할 수 있는 주제를 찾는 문제입니다.

지문
★
★
☆

낱말
★
★
★

●글의 종류 설명문

●글의 특징 이 글은 조선 시대 5대 궁궐인 경복궁, 창덕궁, 창경궁, 덕수궁, 경희궁의 각 특징과 역사를 설명하고 있습니다.

●중심 내용
1문단 우리나라 5대 궁궐을 소개함.
2문단 경복궁은 태조가 만든 조선의 정궁으로, 조선의 통치 이념을 담고 있음.
3문단 창덕궁은 왕이 위험을 당했을 때를 대비한 궁궐로, 유네스코 세계 문화유산으로 등재됨.
4문단 창경궁은 세종이 태종을 모시기 위해 지은 궁궐로, 조선과 근대에 이르기까지 아픈 역사를 그대로 겪음.
5문단 덕수궁은 월산 대군의 집이었다가 선조 때 정식 왕궁이 된 궁궐로, 전통 건물과 서양식 건물이 함께 들어서 있음.
6문단 경희궁은 이궁이었으나 여러 왕들이 정사를 돌보면서 정궁이 된 궁궐로, 일제 강점기에 궁궐의 자취를 완전히 잃음.

●낱말 풀이
정궁 주된 궁궐.
통치 이념 나라를 다스리는 생각이나 견해.
소실되었다가 불에 타서 사라졌다가.
등재되었습니다 일정한 사항이 장부나 대장에 올려졌습니다.
상왕 자리를 물려주고 들어앉은 임금을 이르는 말.
이궁 왕이 왕궁을 벗어나 머물던 별궁.

우리나라에는 오늘날까지 그 모습을 간직하고 있는 궁궐들이 있습니다. 경복궁, 창덕궁, 창경궁, 덕수궁, 경희궁이 그것입니다. 조선 시대의 5대 궁궐인 이 궁궐들은 서로 다른 특징과 역사를 지니고 있습니다.

경복궁은 태조 이성계가 조선을 세우고 도읍을 한양으로 정한 뒤 만든 궁궐로, 조선의 정궁입니다. ㉠정문인 광화문부터 왕실의 중요한 행사를 치르던 근정전, 왕의 침실인 강녕전, 왕비의 침실인 교태전이 일직선을 이루고 있습니다. 이것은 왕의 위엄과 질서를 잘 보여 주면서 조선의 통치 이념이 백성에게 잘 전달되기를 바라는 마음을 담은 것입니다. 경복궁은 임진왜란으로 소실되었다가 흥선 대원군이 다시 복원하였습니다.

창덕궁은 왕이 전쟁이나 재난을 당했을 때를 대비하여 만든 궁궐입니다. 창덕궁에는 왕이 업무를 처리하던 공간인 외전과 왕과 왕족들의 개인적 공간인 내전, 왕의 공식 행사를 열었던 인정전 등이 있습니다. 그리고 창덕궁은 궁궐을 둘러싼 숲과 나무, 연못, 정자 등이 잘 어우러진 궁궐로, 그 모습이 매우 아름다워 유네스코 세계 문화 유산으로 등재되었습니다.

창경궁은 세종이 태종에게 왕위를 물려받은 후 상왕인 태종을 모시기 위해 지은 궁궐입니다. 그런데 창경궁은 조선과 근대에 이르기까지 아픈 역사를 그대로 겪었습니다. 창경궁은 임진왜란 때 모두 불에 타 버렸다가 광해군 때 다시 지어졌으나 인조 때 반란으로 또다시 소실되었습니다. 일제 강점기에는 일본이 창경궁에 동물원과 식물원을 만들어 궁궐을 훼손하였습니다. 광복 후 우리 정부에서 복원하여 오늘날 창경궁의 모습을 갖추게 되었습니다.

덕수궁은 원래 명칭은 경운궁으로, 성종의 형인 월산 대군의 집이었습니다. 임진왜란 때 선조가 이곳에 임시로 살게 되면서 정식 왕궁이 되었습니다. 이후 고종이 러시아 공사관에서 돌아오면서부터 대한 제국의 황궁으로 사용되었습니다. 고종은 덕수궁의 정문인 대한문 건너편 환구단에서 황제 즉위식을 거행하기도 하였습니다. 덕수궁 안에는 전통 건물인 중화전과 서양식 건물인 석조전, 정관헌이 함께 들어서 있습니다.

경희궁은 창덕궁과 마찬가지로 이궁으로 지어졌으나 여러 왕들이 정사를 돌보면서 정궁이 되었습니다. 경희궁의 1,500칸이나 되는 전각들은 재해를 입은 적이 없었습니다. 그런데 일제 강점기에 일본이 경희궁 땅을 사들여 이 건물들을 철거하고 일본인들의 학교를 설립하여 완전히 궁궐의 자취를 잃었습니다.

1 이 글의 내용과 일치하지 <u>않은</u> 것은 무엇입니까? (　　　)

이해

① 경복궁은 태조 이성계가 지었다.

② 경희궁은 임진왜란 때 불에 타서 사라졌다.

③ 창덕궁은 유네스코 세계 문화유산에 등재되었다.

④ 덕수궁은 대한 제국의 황궁으로 사용되기도 하였다.

⑤ 창경궁은 일본 강점기 당시 일본에 의해 훼손되었다.

2 다음 설명에 해당하는 궁궐은 어디인지 찾아 쓰세요. (　　　　　　)

이해

> 왕이 전쟁이나 재난을 당했을 때를 대비하여 만든 궁궐로, 외전, 내전, 인정전 등이 있음.

3 이 글의 제목으로 알맞은 것은 무엇입니까? (　　　)

이해

① 세계 여러 나라의 궁궐　　　　　　② 우리 궁궐의 특징과 역사

③ 경복궁의 유래와 변천 과정　　　　④ 세계 문화유산이 되는 방법

⑤ 소중한 우리 궁궐을 보존하는 길

4 ㉠을 매체 자료를 이용하여 설명하려고 해요. 가장 알맞은 매체 자료의 기호를 쓰

추론　세요. (　　　)

83

12 광고에 나타난 표현의 적절성 파악하기

★ 광고에서 표현의 적절성을 파악하는 방법을 찾아 길을 따라가 보세요.

출발

(1) 광고에서 과장하는 내용이 있는지 찾아봅니다.

(2) 상품의 장단점을 자세히 설명하고 있는지 살펴봅니다.

(5) 광고 문구에서 전문 용어를 사용하였는지 살펴봅니다.

(4) 광고에서 감추는 내용이 있는지 찾아봅니다.

(3) '절대로', '무조건' 같은 표현이 있는지 확인합니다.

(6) 광고의 주제를 직접적으로 표현하였는지 살펴봅니다.

(7) 출처가 없는 조사 결과가 있는지 확인합니다.

(8) 구체적인 예를 들어 광고하고 있는지 살펴봅니다.

(10) 그림이나 사진, 글씨가 예쁜지 살펴봅니다.

(9) 광고에서 말하는 내용이 사실인지 살펴봅니다.

도착

주제 탐구

광고를 읽을 때에는 표현이 적절한지, 광고 문구가 과장하거나 감추는 내용은 무엇인지 등을 비판적으로 살펴보아야 합니다. 내용을 실제보다 부풀려 사용하는 것을 과장 광고라고 하고, 사실에 해당되지 않는 자료나 정보를 사용하는 것을 허위 광고라고 합니다.

1 다음에서 알 수 있는 광고 표현의 특성을 보기 에서 찾아 빈칸에 쓰세요.

어린이에게는 당신의 운전보다

도로 위로 굴러가는 공이 더 소중하고
친구와의 술래잡기가 더 다급하고
지각이 더 무섭습니다.

언제 어디서 도로 위로 뛰어들지
모르는 어린이—도로 위에서 걸어다니는
빨간 신호등입니다.

보기

반복   비유적 표현   사진   색깔

(1) 주제를 효과적으로 표현하기 위해
( )을/를 사용한다.

예 도로 위 어린이는 빨간 신호등

(2) 주제가 잘 드러나도록 ( )
이나 글, 그림, 소리 등을 사용한다.

예 도로와 어린이 등교 사진을 사용하
였다.

(3) 오래 기억되도록 같은 말을
( )한다.

예 언제 어디서 도로 위로 뛰어들지 모르
는 어린이—도로 위에서 걸어다니는 빨
간 신호등입니다.

(4) 내용을 더 강조하려고 글씨체나 글
씨 크기를 다르게 하고 눈에 잘 띄
는 ( ) 등을 사용한다.

예 '빨간 신호등'을 큰 글자체와 빨간
색으로 강조하였다.

1 이 광고의 제목에서 나타내려는 생각을 알맞게 말한 친구에 ○표 하세요.

국어

(1) 악성 댓글보다 말이 설득력이 있다는 것을 전달하고 있어.

(2) 악성 댓글을 달지 말자는 생각을 나타내고 있어.

(3) 본인이 누구인지 밝히고 댓글을 달자는 생각이 담겨 있어.

● (2~3) 다음을 보고 물음에 답하세요.

2 이 광고의 표현의 특성으로 알맞은 것은 무엇입니까? (   )

국어

① 같은 말을 반복하고 있다.

② 비유적인 표현을 사용하고 있다.

③ 다른 라면과의 차이점을 강조하고 있다.

④ 사진을 사용하여 라면 모양을 실감나게 표현하고 있다.

⑤ 강조하고자 하는 부분의 글씨를 크고 진하게 표현하고 있다.

유형 2 광고의 표현 특성 파악하기

광고 속 그림과 글을 살펴보며 표현의 특성을 파악하는 문제입니다.

3 ㉠이 광고 표현으로 적절하지 않은 까닭은 무엇인지 쓰세요.

국어

유형 3 광고 표현의 적절성 비판하기

광고에서 과장하거나 감추는 내용은 없는지 판단하는 문제입니다.

● 글의 종류 기사문

● 글의 특징 ㈎는 한 병원이 광고에서 과장하거나 감추는 표현을 써서 시정 명령을 받은 실제 예를 들어 전하고 있는 신문 기사입니다. ㈏는 H 한방 병원 누리집에 실린 광고입니다.

● 중심 내용
㈎ 1문단 H한방 병원이 허위, 과장 광고로 보건 당국으로부터 시정 조치를 받았음.
2문단 H한방 병원은 누리집에 어린이 시력 전문 병원이라고 광고했지만, 의료법상 '전문'이라는 명칭을 사용할 수 없음.
3~4문단 최상급 표현, 과학적 근거가 없는 내용의 의료법에 어긋나는 문구로 블로그에 광고했음.
5문단 의료계 관계자는 어린이 안경이 눈 건강에 치명적이라는 광고는 허위 광고라고 비판함.

● 낱말 풀이
시정 잘못된 것을 바로잡음.
게재하고 글이나 그림 광고 등을 신문이나 잡지 따위에 싣고.
치명적 생명을 위협하는.
교정 틀어지거나 잘못된 것을 바로잡음.
비방하는 남을 비웃고 헐뜯어서 말하는.

㈎ '안경 쓰면 시력이 나빠진다' 광고한 병원에 경고

안경을 쓰면 오히려 어린이의 시력이 나빠질 수 있다고 광고해 온 H한방 병원이 허위, 과장 광고로 보건 당국으로부터 시정 명령을 받았다.

H한방 병원은 어린이에게 안경을 씌우지 않고 침과 뜸, 한약 등으로 난시, 근시, 원시, 약시, 사시 등을 치료할 수 있다고 광고해 왔다. H한방 병원은 누리집에 이 같은 광고를 게재하고 '어린이 시력 집중 치료 클리닉', ㉠'안경 벗는 어린이 시력 전문 병원'이라고 광고해 왔다. 그러나 의료법상 보건 복지부가 지정한 전문 병원이 아닌 의료 기관은 '전문'이라는 명칭을 사용할 수 없다.

그리고 이 병원은 블로그에서 '어린이 안경, 눈 건강에 치명적' 또는 'NO! 수술, 안경, 렌즈. 소중한 우리 아이의 시력을 지키는 한방 병원'이라고 홍보했다.

이에 대해 보건 당국은 "의료 기관의 블로그 내용 중 최상급 표현과 객관적으로 인정되지 않거나 과학적인 근거가 없는 내용 등은 의료법에 어긋난다."라고 밝혔다.

㉡ 의료계 관계자는 "원시, 근시, 난시 등 반드시 안경을 통해 시력 교정이 필요한 어린이가 있고 이런 시력 교정을 통해 시력이 개선되거나 악화되는 것을 방지할 수 있다. 한방 의료 기관이 어린이 안경이 눈 건강에 치명적이라고 광고하는 것은 국민 건강에 좋지 않은 영향을 끼칠 수 있는 허위 광고이고, 의료 기관의 치료 방법을 비방하는 광고이다."라고 비판하였다.

㈏

『○○일보(20○○년 5월 22일)』

1 이 글의 제목으로 알 수 있는 내용은 무엇입니까? (   )

이해

① 안경을 써도 시력이 나빠지지 않는다.
② 안경을 쓰지 않아야 시력이 좋아진다.
③ 허위 광고를 한 병원이 제재를 받았다.
④ 안경은 시력이 나빠지지 않게 막아 준다.
⑤ 안경을 안 써도 된다고 광고한 병원에 가지 말자.

2 다음은 ㉠이 허위 광고, 과장 광고인 까닭이에요. 빈칸에 알맞은 말에 ○표 하세요.

이해

• 보건 복지부가 지정한 (일반 / 전문) 병원이 아닌 의료 기관이기 때문이다.
• 시력 전문 병원에 다닌다고 하여 (모든 / 일부) 어린이가 안경을 벗는 것은
  아니기 때문이다.

3 ㉡에서 의료계 관계자의 말을 인용한 까닭은 무엇입니까? (   )

추론

① 기사 내용을 채우기 위해서
② 시력 교정의 필요성을 강조하기 위해서
③ 전문가들은 소비자의 입장에서 말하기 때문에
④ 광고가 국민 건강에 미치는 영향을 알려 주기 위해서
⑤ 해당 분야 전문가의 의견이므로 신뢰할 수 있기 때문에

4 (나)의 광고에 나타난 표현에 대해 <u>잘못</u> 말한 친구에 ○표 하세요.

문제해결

(1) '어린이 안경,
눈 건강에 치명적'
이라는 말은 과장된
표현이야.

(2) 'NO! 수술!
안경! 렌즈!'라고
쓴 것은 경험에서
나온 사실이야.

(3) 시력이 개선되지
않으면 '100% 환불'이
라는 말은 과장된
표현이야.

뉴스에 나타난 정보의 타당성 파악하기

★ 다음 뉴스를 보고, 뉴스에 나타난 정보에 대해 <u>잘못</u> 말한 친구에 ○표 하세요.

주제 탐구

뉴스에 나타난 정보의 타당성을 판단하며 읽기 위해서는 가치 있고 중요한 내용을 다룬 뉴스인지, 그 뉴스에 대한 근거가 적절한지 살펴보아야 합니다. 그리고 뉴스 관점과 활용한 자료가 서로 관련이 있는지, 믿을 만한 자료인지도 살펴보아야 합니다.

● (1~2) 다음을 읽고 물음에 답하세요.

(가) 초등학생들이 자주 사용하는 리코더, 지저분할 거라고 예상은 했지만 생각보다 심각했습니다. 마트의 카트 손잡이나 화장실 기저귀 교환대보다도 세균이 많았는데요. 불기 전 흐르는 물에 씻으면 대부분의 세균은 예방할 수 있다고 합니다. 오대성 기자입니다.

(나) 한국 소비자원이 음악 수업에 사용된 리코더 93개의 위생 상태를 조사한 결과, 86개의 리코더에서 일반 세균이 검출됐습니다. 대장균군이 검출된 리코더도 6개였고, 황색 포도상 구균이 나온 리코더도 11개나 됐습니다. 세균 오염도는 마트의 카트 손잡이보다 평균 3백 배 높았습니다. 대장균군의 경우 기저귀 교환대보다도 오염도가 무려 32만 배나 높게 나타났습니다. 침이 리코더의 윗관에 고이면서 세균이 급속히 번식하는 겁니다.

(다) 〈인터뷰〉 [신○○/한국 소비자원 제품안전팀]

흐르는 물에 약 30초 정도 세척을 해도 세균의 98퍼센트를 감소시킬 수가 있고, 세제를 사용해서 솔과 같이 사용할 경우에는 세균을 100퍼센트 제거할 수 있습니다.

(라) 여름철에는 특히 세균 번식이 활발해지는 만큼 교사와 학부모가 세척에 신경 쓸 필요가 있습니다.

KBS 뉴스 오대성입니다.

『KBS뉴스(2018년 7월 18일)』 [ⓒKBS]

1 이 뉴스에서 보도한 내용으로 알맞은 것은 무엇입니까? (　　　)

① 흐르는 물에 리코더를 씻으면 세균을 예방할 수 있다.
② 리코더 사용 후 바람에 말려야 세균 번식을 예방할 수 있다.
③ 리코더의 세균은 세제를 사용하여 씻어야만 예방할 수 있다.
④ 봄가을에 리코더의 세균 번식이 활발하므로 관리를 잘해야 한다.
⑤ 리코더의 세균 번식을 막기 위해 리코더를 수건으로 닦아야 한다.

2 뉴스의 보도 내용을 뒷받침하기 위해 사용한 자료 <u>두 가지</u>를 보기에서 찾아 쓰세요.

보기

사진　　　　인터뷰　　　그래프　　　조사 자료

(　　　　　　　　　)

1 **이 뉴스의 가치를 알맞게 판단한 친구에 ○표 하세요.**

사회

> 우리나라 국민이 하루 24시간 중에 가족과 함께하는 시간은 1일 평균 2시간 7분인 것으로 나타났습니다. 여성 가족부가 2014년에 10세 이상 국민 12,000명을 대상으로 설문 조사를 진행한 결과 우리나라 국민은 가정 관리(1시간 32분), 가족 및 가구원 돌보기(23분), 가족과 관련된 이동 시간(12분) 등의 순으로 가족과 시간을 보낸다고 답했습니다. 이 중에서 학생의 경우 1일 평균 29분으로 가족 구성원 중 가족과 함께하는 생활 시간량이 가장 적고, 65세 이상 노인의 경우 2시간 34분으로 가장 많은 것으로 나타났습니다.
>
> 이것은 2009년에 조사한 결과(1일 평균 2시간 51분)보다 44분 줄어든 것입니다. 이 같은 결과는 여성의 노동 참여가 꾸준히 증가하고 있는 가운데 핵가족화, 한 부모 가족, 조손 가족, 노인 부부 가족, 다문화 가족 등 가족의 변화가 급속히 진행되는 상황이라는 것을 보여 줍니다.
>
> 『○○뉴스(20○○년 6월 24일)』

(1) 우리 사회가 변화해 가는 모습을 보여 주고 있어 중요하고 가치 있는 뉴스야.

(2) 우리 가족은 함께하는 시간이 하루에 1시간도 안 돼. 통계가 잘못되었으니 뉴스로서 가치가 없어.

(3) 여성 가족부에서 조사한 것은 여성만을 위한 조사니까 모든 사람이 봐야 할 뉴스로서 가치가 없어.

(4) 학생이 가족과 함께하는 시간이 29분밖에 안 된다는 사실은 보도할 가치가 없는 뉴스야.

2 이 뉴스의 보도 내용을 뒷받침하는 자료가 <u>아닌</u> 것의 기호를 쓰세요.

유형 2 뉴스의 보도 내용을 뒷받침하는 자료 파악하기

뉴스의 관점을 파악하고 뉴스에서 활용한 자료들이 뉴스 관점을 뒷받침하는지 파악하는 문제입니다.

정착되지 새로운 문화 현상 따위가 당연한 것으로 사회에 받아들여지지.

사회

> 초등학생 10명 중 7명은 주변에 어려운 이웃이 거의 없다고 생각하는 것으로 나타났습니다.
>
> ㉠ 사회 복지 공동 모금회가 서울 지역 초등학생 1,090명과 초등학교 교사 126명을 대상으로 설문 조사를 실시한 결과, 전체 학생의 53.6퍼센트가 주변의 어려운 이웃에 대해 관심이 없거나 모르겠다고 했고, 75퍼센트가 자원 봉사 활동을 해 본 적이 없다고 했습니다.
>
> ㉡ 정부의 한 관계자는 "도시의 어린이들은 대부분 비슷한 경제 수준의 사람들이 모여 사는 아파트 생활을 하기 때문에 어려운 이웃을 접할 기회가 점점 줄고, 어려운 이웃을 돕는 기부 문화가 정착되지 못한 데 따른 결과로 보인다."라고 답했습니다.
>
> ㉢ 지역 아동 센터의 봉사자는 "어린이에게 나눔 교육을 진행해 매년 기부가 늘고 있다."고 답했습니다.
>
> 『○○뉴스(20○○년 12월 3일)』

(　　　)

3 이 뉴스의 타당성을 알맞게 판단한 것에 ○표 하세요.

유형 3 보도 내용의 타당성 판단하기

뉴스에서 보도한 내용이 타당한지를 판단하는 문제입니다.

경증 병의 가벼운 증세.
인지 능력 사물을 분별하여 어떤 사실을 아는 능력.
실증 연구 사람들이 실제로 겪어 얻은 지식 따위에 기초하여 시행하는 연구.
상용화될 물품 따위가 일상적으로 쓰이게 될.

과학

> 우리나라가 AI 기술을 이용하여 치매 환자를 돌볼 수 있는 로봇을 개발하였습니다. 한국 과학 기술 연구원 치매 DTC 융합 연구단에서 20여 년의 연구 끝에 세계 최초로 경증 치매 환자 돌봄 로봇 '마이봄'을 개발했다고 밝혔습니다. 이 로봇은 경증 치매 환자를 위한 약 복용 알림, 약속 시간 알림, 음성 명령 훈련 기능 등의 돌봄 서비스를 제공합니다. 또, 경증 치매 환자와 간단한 대화를 주고받으면서 치매 환자의 인지 능력도 향상시킬 수 있습니다. 마이봄은 오류를 줄여 나가는 실증 연구를 거친 뒤 상용화될 것으로 보입니다.
>
> 『○○뉴스(20○○년 8월 16일)』

(1) 로봇이 모든 치매 환자를 돌본다는 점에 가치를 두고 있어. 　(　　)

(2) 뉴스 관점과 관련해 돌봄 로봇을 활용할 때의 장점을 설명하고 있어.

(　　)

●글의 종류 기사문

●글의 특징 이 글은 정부가 발표한 미세 먼지 대비 행동 요령을 소개하고 있는 뉴스 원고입니다.

●중심 내용
[진행자의 도입] 정부가 발표한 미세 먼지 행동 요령에 대해 알아보기로 함.
[기자의 보도] 환경부 담당자의 인터뷰와 환경부에서 발표한 미세 먼지 대비 일곱 가지 행동 요령을 소개함.
[기자의 마무리] 미세 먼지 대비 일곱 가지 행동 요령을 잘 지켜 미세 먼지에 대비해야 함.

●낱말 풀이
미흡한 아직 흡족하지 못하거나 만족스럽지 아니한.
극성 몹시 왕성함.
공기 질 공기를 구성하는 성분 및 그 오염 정도 따위의 전반적인 상태를 이르는 말.

지문 ★☆☆

낱말 ★★☆

㉠진행자의 도입

미세 먼지가 심각한 가운데 미세 먼지용 마스크만으로는 대비가 미흡한 것으로 알려졌는데요, 정부가 발표한 미세 먼지 행동 요령에 대해 알아보겠습니다. △△△ 기자입니다.

기자의 보도

요즘은 사계절 내내 미세 먼지가 극성입니다. 그런데 국민들 중 상당수가 미세 먼지용 마스크만 쓰면 미세 먼지를 대비할 수 있다고 생각하고 있습니다. 하지만 미세 먼지에 대해 바로 알고 실천해야 하는 것으로 나타났습니다.

〈인터뷰〉 [한○○/환경부 담당자]
㉡ 미세 먼지는 고기를 구울 때나 청소기를 돌릴 때 등 일상생활에서도 발생할 수 있기 때문에 대비 요령을 알고 잘 지켜야 합니다. 그래서 환경부에서는 미세 먼지 대비 일곱 가지 행동 요령을 홍보하고 있습니다.

미세 먼지 대비 일곱 가지 행동 요령

환경부가 발표한 일곱 가지 행동 요령은 다음과 같습니다.
첫째, 미세 먼지가 심한 날에는 외출을 가급적 자제합니다.
둘째, 외출 시 식약처가 인증한 보건용 마스크를 착용합니다.
셋째, 외출 시 대기 오염이 심한 곳은 피하고 활동량을 줄입니다.
넷째, 외출 후에는 깨끗이 씻습니다.
다섯째, 물과 비타민C가 풍부한 과일·야채를 섭취합니다.
여섯째, 환기, 실내 물청소 등 실내 공기 질을 관리합니다.
일곱째, 대기 오염을 일으키는 행동을 자제합니다.

기자의 마무리

이와 같은 행동 요령을 잘 지켜서 미세 먼지에 철저히 대비해야겠습니다. ○○뉴스 △△△ 기자였습니다.

1 이 뉴스의 보도 내용으로 알맞은 것은 무엇입니까? (　　　)

이해

① 미세 먼지 대비 요령을 바로 알고 실천해야 한다.

② 정부가 학교 미세 먼지 대책으로 큰 비용을 투입했다.

③ 미세 먼지보다 부주의한 생활 습관이 더 문제가 된다.

④ 정부는 미세 먼지의 기준치를 마련하는 데 힘써야 한다.

⑤ 개인보다 정부가 나서서 미세 먼지 대책을 마련해야 한다.

3주 3일
학습 끝!

붙임 딱지 붙여요.

2 ㉠이 하는 역할로 알맞은 것은 무엇입니까? (　　　)

이해

① 보도 내용을 자세히 설명한다.

② 핵심 내용을 요약하여 안내한다.

③ 보도 내용과 관련한 전문가와 면담한다.

④ 어느 한쪽으로 치우치지 않도록 설명한다.

⑤ 자료가 효과적으로 보여질 수 있도록 설명한다.

3 ㉡에 대해 알맞게 판단한 친구에 ○표 하세요.

비판

(1) 정부 관계자의 인터뷰보다 의사의 인터뷰를 넣는 것이 좋겠어.

(2) 미세 먼지는 자연 현상으로, 일기도로 뉴스 관점을 뒷받침해야 해.

(3) 뉴스의 보도 내용을 뒷받침하려고 정부 관계자의 인터뷰 자료를 활용했어.

4 이 뉴스가 가치 있는 까닭으로 알맞은 것은 무엇입니까? (　　　)

비판

① 미래에 정부가 할 미세 먼지 대책을 다루었기 때문에

② 정부가 국민과 소통할 수 있는 주제를 다루었기 때문에

③ 사회적으로 중요하고 관심 있는 주제를 다루었기 때문에

④ 많은 자본이 투입되는 정부의 미세 먼지 대책을 홍보했기 때문에

⑤ 초등학생에게 직접적인 혜택이 주어지는 주제를 다루었기 때문에

★ 다음은 도서관에서 지켜야 할 예절을 나타낸 거예요. 삭제하거나 보충해야 할 점을 잘못 말한 친구에 ○표 하세요.

(1) 도서관에서 잡담을 하면 안 되는 까닭을 보충해야 해.

도서관에서 잡담을 하는 친구들이 있습니다. 도서관에서는 잡담을 하지 말아야 합니다.

(2) 잘못된 예절만 지적하고 도서관에서 지켜야 할 예절은 제시하고 있지 않으므로 이를 보충해야 해.

자리에 책을 많이 쌓아 두면 다른 친구들이 볼 수 없습니다.

(3) 뛰면 먼지가 난다는 내용은 도서관 청소에 대한 내용을 보충해야 해.

도서관에서 뛰거나 발소리를 크게 내는 친구들이 있습니다. 도서관에서 뛰면 먼지가 납니다.

(4) 책이 아프다는 표현은 논리적인 표현으로 고쳐야 해.

도서관에서 빌린 책을 함부로 보는 친구들이 있습니다. 책이 아프니까 조심해야 합니다.

주제 탐구

글을 읽을 때에는 글쓴이가 말하고자 하는 것이 잘 드러나는지 살피면서 필요 없는 내용과 어색한 표현이 있는지 살펴봅니다. 글 전체→문단→문장→낱말의 순서로 잘못된 내용이나 어색한 표현을 찾아 고쳐 써 봅니다.

● (1~2) 다음을 읽고 물음에 답하세요.

요즘 일부 학생들이 학교 도서관에서 예절을 지키지 않아 문제가 되고 있습니다. 이 문제를 살펴보고 올바른 도서관 예절에 대해 알아보겠습니다.

먼저 도서관에서 잡담하는 친구가 있습니다. 도서관에서 잡담을 하면 조용히 책을 읽는 친구들에게 방해가 되므로 삼가야 합니다.

도서관 책상에 책을 많이 쌓아 두고 읽는 친구들도 있습니다. 혼자서만 여러 권의 책을 읽으면 다른 친구가 필요한 책을 읽을 수 없습니다.

책을 읽지 않고 돌아다니면서 뛰거나 발소리를 크게 내는 친구들이 있습니다. 이런 경우 책을 읽고 있는 사람들에게 피해를 줄 수 있습니다.

마지막으로, 책에 침을 묻히거나 낙서를 하고 구기는 등 책을 함부로 보는 친구들이 있습니다. 이런 경우 ㉠책이 아프고 읽는 사람에게 불쾌감을 줍니다.

학교 도서관은 전체 학생들이 이용하는 곳이므로 다른 학생들을 배려하여 도서관 예절을 잘 지켜야 합니다.

1 이 글에서 글쓴이가 주장하는 것은 무엇입니까? (   )

① 책을 많이 읽자.
② 책을 깨끗하게 보자.
③ 도서관 예절을 잘 지키자.
④ 읽을 권 수만큼만 책을 빌리자.
⑤ 조용한 학생들만 도서관을 이용하자.

2 ㉠의 문장을 올바른 표현으로 고쳐 쓰세요.

● (1~2) 다음을 읽고 물음에 답하세요.

고갈될 어떤 일의 바탕이 되는 돈이나 물자 등이 다하여 없어질.
원전 사고 원자력 발전소에서 일어나는 방사능 누출 따위의 사고.
핵폐기물 원자력을 생성하고 난 후에 생기는, 방사성 물질이 포함된 온갖 폐기물을 이름.

우리 생활의 근원인 에너지

㈎ 우리가 생활하는 데 에너지는 꼭 필요합니다. 그런데 현재 에너지로 주로 사용하는 화석 연료는 조만간 고갈될 것이라고 합니다. 그렇다면 이러한 상황에서 우리가 해야 할 일은 무엇일까요?

㈏ 가정에서는 석유 소비를 줄여야 합니다. 석유를 연료로 삼는 자동차 대신 자전거를 이용하거나 대중교통을 이용해야 합니다.

㈐ 정부에서는 새로운 에너지를 개발해야 합니다. 현재 석탄, 석유를 대체할 에너지로 원자력을 선택했지만, 원전 사고의 위험이나 핵폐기물의 처리와 같은 어려운 문제들을 해결해야 합니다. 따라서 수소 에너지와 같은 무공해의 안전한 에너지를 새로 개발해야 합니다.

㈑ 가정에서는 가전제품을 바르게 사용해야 합니다. 에너지 절감 효율이 높은 제품들을 사용하고, 가전제품을 사용하지 않을 때에는 콘센트를 뽑아 놓아야 합니다. 냉난방 기구는 적정 온도를 유지합니다.

㈒ 정부에서는 재생 가능한 에너지를 개발해야 합니다. 태양 에너지, 지구가 가지고 있던 지열을 활용한 지열 에너지, 가축의 배설물 등을 이용하여 얻는 바이오 에너지 등 환경을 파괴하지 않고 무제한 사용할 수 있는 에너지를 개발해야 합니다.

㈓ 화석 연료 사용을 줄이고 새로운 에너지를 개발하는 일은 정부와 가정에서 모두 함께 실천해야 합니다.

유형 1 글쓴이의 주장이 드러나게 제목 고쳐 쓰기

글쓴이의 주장을 파악하고, 그 주장이 드러나는 제목으로 고쳐 쓰는 문제입니다.

1 글쓴이의 주장이 드러나도록 제목을 고쳐 쓴 것에 ○표 하세요.

과학

⑴ 새로운 에너지를 개발하자 ( )
⑵ 화석 연료를 사용하지 말자 ( )
⑶ 우리나라 에너지의 사용 실태를 알아보자 ( )
⑷ 화석 연료와 대체 에너지의 차이를 알아보자 ( )

유형 2 문단의 순서 조정하기

글의 흐름에 맞게 문단의 순서를 고쳐 써 봅니다.

2 ㈐~㈒의 기호를 글의 흐름에 맞게 순서를 고쳐 쓰세요.

㈎ ➡ ㈏ ➡ ( ) ➡ ( ) ➡ ( ) ➡ ㈓

3 ㉠에서 필요 <u>없는</u> 문장을 찾아 밑줄을 그으세요.

국어

> 요즘 만화책으로 공부하는 친구들이 많습니다. 만화책으로 공부를 하면 어떤 점이 좋은지 살펴보겠습니다.
>
> 첫째, 만화책은 글을 읽는 부담감을 줄여 줍니다. 만화책으로 글을 읽으면 그림의 익살스러운 모습이 더해져 글이 재미있게 느껴집니다.
>
> 둘째, 만화책으로 어려운 내용을 쉽게 이해할 수 있습니다. 글로 읽으면 이해하기 어려운 내용도 그림으로 표현되어 이해하기가 쉽습니다.
>
> ㉠ 셋째, 만화책은 학습에 대한 스트레스를 줄여 줍니다. 만화책을 읽으면서 공부 때문에 지친 머리를 잠시 쉴 수 있습니다. 하지만 만화책을 많이 읽으면 이것도 스트레스가 됩니다.

유형
3 문단의 중심 내용과 관련 없는 문장 찾기

문단에서 중심 문장의 내용과 관련 없는 문장을 찾는 문제입니다.

익살스러운 남을 웃기려고 일부러 우스운 말이나 행동을 하는 데가 있는.

4 ㉠과 ㉡의 표현을 바르게 고쳐 쓰세요.

사회

> 우리 학교에는 화장을 하는 친구들이 많다. 이를 두고 선생님들이 걱정하시는 모습을 보면 지나친 걱정이라고 생각된다.
>
> 초등학생이 화장하는 것은 나쁜 일이 아니라고 생각한다. 왜냐하면 사춘기에 접어들면서 외모에 관심을 갖는 것은 ㉠<u>자연스러운 일이다</u>. 외모에 관심이 생겨서 자신을 가꾸다 보면 자연히 자신을 사랑하게 되고 자존감도 커진다. 그리고 외모를 꾸미다 보면 패션 감각도 좋아진다. 우리 언니도 6학년 때 외모에 관심이 많아져서 꾸미기 시작했는데 지금은 ㉡<u>중딩</u> 화장법을 방송하는 1인 방송 크리에이터가 되었다.
>
> 그러므로 어른들도 초등학생이 외모를 꾸미는 일을 응원해 주어야 한다.

유형
4 어색한 문장이나 낱말 고쳐 쓰기

글에서 잘못 사용되었거나 어색한 문장 또는 낱말을 바르게 고쳐 쓰는 문제입니다.

자존감 스스로 품위를 지키고 자기를 존중하는 마음을 이름.

(1) ㉠ ➡ (   )

(2) ㉡ ➡ (   )

독해력 쑥쑥

㉠사교육, 무조건 없애자

(가) 우리나라의 높은 교육열은 세계적으로 유명합니다. 문제는 이 높은 교육열이 학교 교육보다는 사교육에 치우쳐 있다는 것입니다. 우리나라의 사교육은 원래 학교 공부를 보충하기 위해 시작된 것이지만, 무엇이든 지나치면 모자란 것만 못한 것처럼 지나친 사교육은 여러 가지 문제점을 낳고 있습니다.

(나) 먼저 사교육은 가정 경제에 과도한 부담을 줍니다. 교육부와 통계청이 발표한 '2018년 초중고 사교육비 조사 결과'에 따르면 초중고 학생의 사교육비가 약 20조 원이고, 학생 1인당 월평균 사교육비가 29만 1천 원이나 된다고 합니다. 높은 사교육비는 가정 경제에도 부담을 주지만 국가 경제의 측면에서는 교육의 이중 비용이 됩니다.

(다) 게다가 교육부와 통계청의 2016년 조사에서는 최저 소득층과 최고 소득층의 사교육비 차이가 8.9배나 된다고 합니다. 부모의 소득에 따라 사교육의 기회를 더 가질 수도 있고 덜 가질 수도 있다는 것입니다. 초등학생 때부터 시작된 사교육의 격차는 입시와 취업 때까지 연결되면서 결국 사회적으로 교육 기회의 불평등을 심화합니다.

(라) 사교육이 가진 또 하나의 문제점은 자신의 학년보다 높은 선행 학습을 강요하는 것입니다. ㉡사교육은 원래 개별 지도를 통해 부족한 학습을 보충하고 실력이 뛰어난 학생들에게 심화 학습이나 선행 학습을 시키는 데서 출발하였습니다. ㉢그러나 원래 목적에서 벗어나 모든 학생에게 선행 학습을 강요하면서 어린이와 청소년들이 학업 스트레스를 많이 받고 있습니다. ㉣우리나라는 OECD 국가들 중에서 어린이의 학업 성적이 높은 나라들 중 하나입니다.

(마) 이와 같이 우리 사회에는 지나친 사교육으로 인해 여러 문제점이 발생하고 있습니다. 하지만 사교육을 무조건 나쁜 것으로 단정하고 비판하는 태도는 올바른 해결 방법이 아닙니다. 시간이 걸리더라도 사교육 문제를 가능한 한 완벽하게 해결할 수 있는 대책이 필요합니다. 먼저 학부모와 학생이 모두 만족할 수 있도록 학교 교육의 질을 높이는 데서 시작해야 합니다. 사교육을 넘어선 우수한 교수 방법과 교재를 갖추고, 특기 적성 교육을 강화해야 합니다. 또 학생 스스로 학습할 수 있는 자기 주도 학습 능력을 길러 주어야 합니다. ㉤이렇게 학교 현장이 혁신적으로 바뀌면 사교육 문제 역시 해결의 실마리를 찾을 수 있을지도 모릅니다.

●글의 종류 논설문

●글의 특징 이 글은 우리나라 사교육의 문제점을 살펴보고 학교 교육의 질을 높여 사교육 문제를 해결하자고 주장하는 글입니다.

●중심 내용
(가) 우리나라의 지나친 사교육은 여러 가지 문제점을 낳고 있음.
(나) 사교육은 가정 경제에 과도한 경제적 부담을 줌.
(다) 부모의 소득에 따른 사교육의 격차는 교육 기회의 불평등을 심화함.
(라) 사교육은 자신의 학년보다 지나친 선행 학습을 강요하여 어린이와 청소년들에게 학업 스트레스를 줌.
(마) 사교육을 해결하기 위해서는 학교 교육의 질을 높이는 데서 시작해야 함.

●낱말 풀이
격차 빈부, 임금, 기술 수준 따위가 서로 벌어져 다른 정도를 이름.
심화합니다 정도나 경지가 점점 깊어지게 합니다.
교수 방법 미리 정한 목표를 달성하기 위해 특정 내용을 학습자들에게 가르치기 위한 방법.
강화해야 세력이나 힘을 더 강하고 튼튼하게 해야.

지문 ★★☆

낱말 ★★★

1 글쓴이가 주장하는 것은 무엇입니까? (　　　　)

① 문제점이 많은 사교육을 없애야 한다.

② 가정 경제에 부담을 주는 사교육비를 줄여야 한다.

③ 사교육의 비중을 줄이고 학교 교육의 비중을 늘려야 한다.

④ 사교육을 줄여 어린이, 청소년의 스트레스를 없애야 한다.

⑤ 학교 교육의 질을 높이는 데서 사교육 문제를 해결해야 한다.

3주 4일
학습 끝!

붙임 딱지 붙여요.

2 글쓴이가 제시한 사교육의 문제점을 <u>두 가지</u> 골라 기호로 쓰세요. (　　　　)

이해

㉮ 가정 경제에 과도한 부담을 준다.

㉯ 부모의 소득에 따라 학업 성적이 결정된다.

㉰ 학생 스스로 학습하는 능력을 잃게 만든다.

㉱ 자신의 학년보다 지나친 선행 학습을 강요한다.

3 ㉡~㉣ 중 필요 <u>없는</u> 문장의 기호를 쓰세요. (　　　　)

비판

4 이 글을 고쳐 쓰는 방법으로 알맞지 <u>않은</u> 친구에 ○표 하세요.

비판

(1) ㉠의 제목은 글쓴이의 주장과 맞지 않으므로 고치는 것이 좋겠어.

(2) ㉰에서 활용한 2016년 조사 자료는 ㉯처럼 최신 자료로 바꿔야 해.

(3) ㉺에는 해결 방안이 들어 있으므로 ㉮ 다음으로 문단의 순서를 바꾸어야 해.

5 ㉤을 이 글의 성격에 알맞게 고쳐 쓰세요.

비판

• 이렇게 학교 현장이 혁신적으로 바뀌면 ------------------------------

----

15 기행문 읽기

★ 다음 기행문의 형식과 요소를 사다리를 타고 가면서 짝지어 보세요.

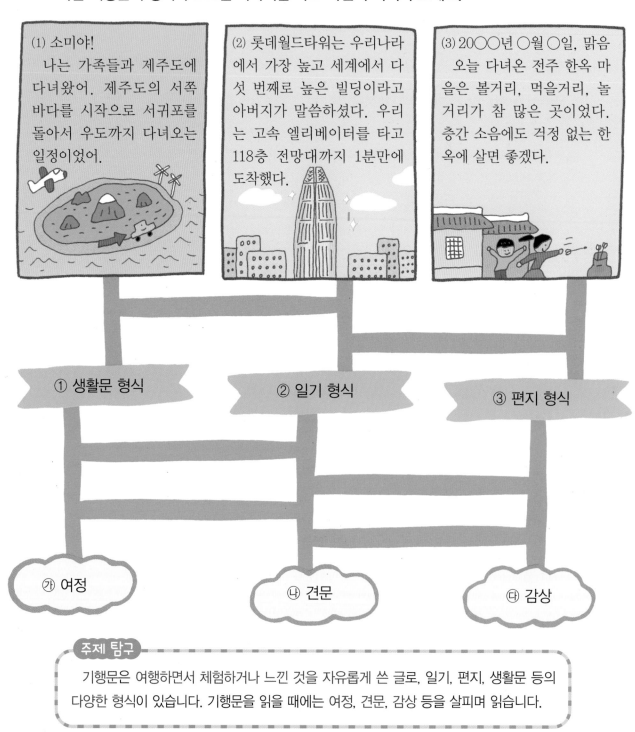

(1) 소미야!
　나는 가족들과 제주도에 다녀왔어. 제주도의 서쪽 바다를 시작으로 서귀포를 돌아서 우도까지 다녀오는 일정이었어.

(2) 롯데월드타워는 우리나라에서 가장 높고 세계에서 다섯 번째로 높은 빌딩이라고 아버지가 말씀하셨다. 우리는 고속 엘리베이터를 타고 118층 전망대까지 1분만에 도착했다.

(3) 20○○년 ○월 ○일, 맑음
　오늘 다녀온 전주 한옥 마을은 볼거리, 먹을거리, 놀거리가 참 많은 곳이었다. 층간 소음에도 걱정 없는 한옥에 살면 좋겠다.

① 생활문 형식　　② 일기 형식　　③ 편지 형식

㉮ 여정　　㉯ 견문　　㉰ 감상

주제 탐구
　기행문은 여행하면서 체험하거나 느낀 것을 자유롭게 쓴 글로, 일기, 편지, 생활문 등의 다양한 형식이 있습니다. 기행문을 읽을 때에는 여정, 견문, 감상 등을 살피며 읽습니다.

1 다음은 기행문의 요소예요. 빈칸에 알맞은 말을 보기에서 찾아 쓰세요.

보기
여정   견문   감상

(1) 여행의 과정이나 일정

기행문의 3요소

(2) 여행하면서 보거나 들어서 안 것

(3) 여행하면서 생각하거나 느낀 것

2 다음은 기행문의 특성을 말한 것이에요. 빈칸에 알맞은 말을 보기에서 찾아 쓰세요.

보기
감상   사실   의견   구조   특성

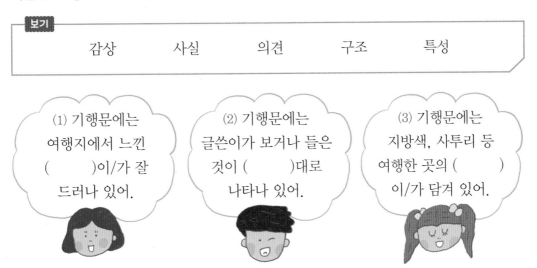

(1) 기행문에는 여행지에서 느낀 (   )이/가 잘 드러나 있어.

(2) 기행문에는 글쓴이가 보거나 들은 것이 (   )대로 나타나 있어.

(3) 기행문에는 지방색, 사투리 등 여행한 곳의 (   )이/가 담겨 있어.

● (1~2) 다음을 읽고 물음에 답하세요.

승모 판막 심장의 왼심실과 왼심방 사이의 판막.
레지던트 전문의의 자격을 얻기 위하여 인턴 과정을 마친 뒤에 밟는 전공의의 한 과정.
시뮬레이션 실제와 비슷한 모형을 만들어 실험하여 그 특성을 파악하는 일.

오늘 친구들과 한국 잡 월드에 다녀왔다. ㉠전철역에 내려서 잡 월드 광장 앞에 도착하니 타원형으로 생긴 한국 잡 월드 건물이 보였다. 마치 유에프오(UFO) 같았다.

한국 잡 월드는 4층으로 되어 있었는데, 그중에서 3층과 4층이 우리가 직업을 직접 체험할 수 있는 직업 세계관이었다. 우리는 먼저 3층으로 가서 미리 예약한 수술실을 체험하였다. ㉡승모 판막이라는 수술을 직접 해 보았는데 나는 레지던트를 맡아서 수술 기록지를 작성하였다. 다음으로 항공기 조종실에서 조종사 체험을 하였다. 항공기 모형에서 실제 조종하는 것 같이 시뮬레이션을 해 보고 비상 탈출도 해 보았다. 오후에는 4층으로 올라가서 고성능차 디자인센터에서 태블릿과 스케치 프로그램을 이용하여 직접 자동차 스케치와 컬러링을 체험하였다. ㉢5층에는 게임 개발 회사가 있다고 선생님께서 말씀해 주셨는데 부족한 시간 때문에 가지 못해 아쉬웠다.

㉣한국 잡 월드에서 실제 직업들을 체험하면서 내가 모르고 있는 직업이 많다는 것과 그 직업이 어떤 일을 하는지 알게 되었다. ㉤다음에는 이번에 체험하지 못한 다른 직업들도 체험해 보고 싶다.

유형 1 기행문에서 여정 파악하기
기행문에 나타난 여정을 파악하는 문제입니다.

1 **실과**

다음은 이 글의 여정을 정리한 것입니다. 빈칸에 알맞은 말을 쓰세요.

한국 잡 월드 광장 도착
⬇
수술실에서 수술 체험과 기록지 작성
⬇
(　　　　　　　　)에서 항공기 모형 조정과 비상 탈출 체험
⬇
(　　　　　　　　)에서 자동차 스케치와 컬러링 체험

유형 2 기행문에서 견문 파악하기
보거나 들어서 안 견문을 파악하는 문제입니다.

2 **실과**

㉠~㉤ 중 기행문의 요소 견문에 해당하는 것의 기호를 두 가지 쓰세요.

(　　　　　　　　)

● (3~4) 다음을 읽고 물음에 답하세요.

　　죽령을 영남 사람들은 '대재'라고 불러왔다. ㉠대숲고개라는 뜻과 큰 고개라는 뜻을 함께 거느리는 운치가 있으니 '죽령'이라는 한자 표기보다 더 정감이 간다. '영남 선비의 과거 길'이라는 문화 코드를 놓고 죽령과 문경새재가 경쟁을 벌이는 현상도 보게 된다. 새재와 죽령이 서로 선비 과거 길 1번지가 자기네 고개라 내세우고 싶어 한다. 그런데 죽령에서 듣게 되는 이야기가 새재의 주장과는 또 다르다.

　　새재로 상경하여 벼슬길에 오른 사람은 관운이 새어 나가서 빨리 죽는다는 떠도는 이야기가 있었다는 것이다. 죽령을 통한 과거 급제자는 오래도록 '죽죽' 높은 벼슬아치로 올라갔다는 '자랑'이다. 새재에서는 죽령을 경유하는 선비들이 과거 시험에서 '죽죽' 미끄러진다는 소문으로 굳이 영남 선비들이 새재를 넘어가자 했던 것이라 했는데…… 옛 고개일수록 사연이 많고 온갖 이야깃거리도 많게 마련이다. ㉡나는 개인적으로 죽령과 새재가 영남 선비 과거 길 1번지라는 말씨름을 더욱 오래도록 지속하기를 바라고 싶다.

문경새재 제1관문 주흘관

박태순, 『나의 국토 나의 산하』

운치 고상하고 우아한 멋.
문화 코드 한 사회 구성원에 의하여 습득, 공유, 전달되는 일정한 문화적 규약이나 관례.
문경새재 경상북도 문경시와 충청북도 괴산군 사이에 있는 고개.
관운 관리로 출세하도록 타고난 복.
경유하는 거쳐 지나가는.

3 이 글에 나타난 기행문의 특성이 <u>아닌</u> 것은 무엇입니까? (　　　　)

① 여행의 순서가 나타나 있다.
② 여행지에서 들은 이야기가 담겨 있다.
③ 여행지의 지방색과 사고방식이 드러나 있다.
④ 여행지에서 새롭게 알게 된 사실이 나타나 있다.
⑤ 여행지에 대한 글쓴이의 생각이나 느낌이 나타나 있다.

유형 3 기행문에 드러난 특성 파악하기
글에 드러난 기행문의 특성이 무엇인지 파악하는 문제입니다.

4 이 글에서 ㉠과 ㉡은 기행문의 여정, 견문, 감상 중 무엇에 해당하는지 쓰세요.

(　　　　　　　)

유형 4 글쓴이의 감상이 드러난 부분 파악하기
기행문에서 글쓴이의 감상을 파악하는 문제입니다.

●글의 종류 기행문

●글의 특징 글쓴이가 바닷가에서 숙소로 이동하는 사이에 본 것, 들은 것, 겪은 것, 새롭게 알게 된 것을 시간과 공간의 흐름에 따라 쓴 기행문입니다.

●낱말 풀이
저잣거리 시장 거리.
먹장구름 먹빛같이 시꺼먼 구름.
잠방이 가랑이가 무릎까지 내려오도록 짧게 만든 홑바지를 이름.
기슭 바다나 강 따위의 물과 닿아 있는 땅.

(가) 코끝이 얼얼해지는 갯내음 속에 서서 얼마쯤 서성이다 보면 저잣거리에 두고 온 진흙투성이의 세상일들은 문득 지워지기 마련이다. 개펄 위에 숭숭 드러난 구멍 속으로 게들이 들락날락하는 것을 지켜보다가, 어부들이 작은 고깃배를 몰고 개펄 언덕 사이에 난 물길을 따라 바다로 나가는 것을 바라보기도 하다가, 자신이 알지 못하는 사이에 개펄과 바닷물이 만나는 경계 지점에 서서 소라고둥이나 바지락을 캐기도 한다.

(나) 개펄 위에 배들이 나란히 엎혀져 있다. 밧줄에 묶여 있지만 그들의 모습 또한 보기 편하다. 노예들의 휴식은 아닌 것이다. 밀물이 들면 그들은 다 푸른 바다로 나갈 것이다. ㉠배들이 싱싱한 물보라를 일으키며 바다로 나가는 모습은 사랑스럽다.

(다) 배에서 내려 선착장 이곳저곳을 돌아다니며 나는 자꾸 수평선 쪽을 바라보았다. 노을이 충분히 짙을 시간이었다. 그러나 오늘 나는 노을을 쉬 보지 못할 것이다. ㉡하늘 가운데의 먹장구름이 수평선 쪽까지 밀려와 있었다.

(라) 잠방이를 입은 마을 노인이 선착장으로 걸어 나왔으므로 나는 물었다. 빛이 있는 마을. ㉢노인은 이곳의 노을이 서해안에서 가장 볼 만하다는 얘기를 했다. 나는 고개를 끄덕였다. 그때 태양이 구름의 옅은 그늘 속에서 빛을 뿌렸다. 완전한 석양의 노을은 아니었으되 그 빛은 노인의 답에 대한 충분한 근거가 되었다. ㉣장마철이 아니었으면 당신도 보았을 것이오, 이곳 노을이 얼마만한 꽃밭인지를. 노인의 이 말이 내 마음속에 또 하나의 꽃밭을 일구어 놓았다.

(마) 줄포만 밖의 육지와 섬에서 불빛들이 하나 둘 켜지기 시작했다. ㉤나는 선착장을 걸어 나와 숙소로 가는 길을 걷기 시작했다. 방파제 기슭에서 여자와 남자가 낚시질을 하고 있었다. 마침 남자가 한 마리의 고기를 낚아 올렸다. 고기의 허리가 공중에서 휘어지는 동안 여자의 손뼉 소리가 울렸다.

(바) 나는 숙소로 돌아와 바다로 향한 창문을 다 열어젖혔다. 빛이 있는 마을. ㉥그 마을의 어둠 속에서 커피 향보다 고소한 갯내음이 스멀스멀 밀려오기 시작했다.

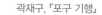
곽재구, 「포구 기행」

지문 ★ ☆ ☆

낱말 ★ ★ ☆

⊙∼ⓒ 중 견문과 감상에 해당하는 것을 각각 기호로 쓰세요.

(1) 견문: (   )   (2) 감상: (   )

**3주 5일
학습 끝!**

붙임 딱지 붙여요.

2
이해

이 글에 나타난 기행문의 특성을 <u>두 가지</u> 고르세요. (   )

① 바닷가의 특색이 드러나 있다.

② 낚시하는 방법에 대해 설명하고 있다.

③ 서해안 노을의 아름다움을 노래하고 있다.

④ 바닷가에서 숙소까지의 여정이 나타나 있다.

⑤ 방파제에 부딪히는 파도 소리를 실감나게 표현하고 있다.

3
추론

㉮에서 '꽃밭'에 담긴 의미로 알맞은 것은 무엇입니까? (   )

① 평화   ② 이별   ③ 애틋함

④ 이상 세계   ⑤ 아름다움

4
이해

다음 낱말 뜻을 참고하여 ㉯는 기행문의 요소 중 무엇에 해당하는지 쓰세요.

여행의 과정이나 일정.

(   )

5
추론

글쓴이가 ㉰와 같이 느낀 까닭으로 알맞은 것은 무엇입니까? (   )

① 커피 향보다 바다 향이 더 고소해서

② 바닷가를 다녀온 뒤 바다가 좋아져서

③ 비린 바다 향을 커피 향이라고 생각하고 싶어서

④ 커피 향에 섞여서 바다 향이 고소하게 느껴져서

⑤ 커피가 마시고 싶은 마음에 바다 향이 커피 향으로 느껴져서

공부, 성공과 관련 있는 고사성어

 '공부', '성공'과 관련된 고사성어에는 옛사람들의 공부 방법이나 성공을 이룬 사람들의 비법이 담겨 있어요. '형설지공(螢雪之功)'은 가난한 사람이 반딧불과 하얀 눈빛으로 글을 읽어 가며 밤낮없이 공부함을 뜻해요. '연목구어(緣木求魚)'는 도저히 불가능한 일을 굳이 하려 함을 비유적으로 이르는 말이에요.

- **수불석권(手不釋卷)** '손에서 책을 놓지 않고 늘 글을 읽는다.'는 뜻으로, 열심히 공부함을 이르는 말이에요.
- **위편삼절(韋編三絕)** '공자가 주역을 즐겨 읽어 책의 가죽끈이 세 번이나 끊어졌다.'는 뜻으로, 책을 열심히 읽음을 이르는 말이에요.
- **주경야독(晝耕夜讀)** '낮에 농사짓고 밤에 글을 읽는다.'는 뜻으로, 어려운 여건 속에서도 꿋꿋이 공부함을 이르는 말이에요.
- **대기만성(大器晩成)** '큰 그릇을 만드는 데는 시간이 오래 걸린다.'는 뜻으로, 크게 될 사람은 늦게 이루어짐을 이르는 말이에요.
- **마부위침(磨斧爲針)** '도끼를 갈아서 바늘을 만든다.'는 뜻으로, 아무리 어려운 일이라도 끊임없이 노력하면 반드시 이룰 수 있음을 이르는 말이에요.
- **입신양명(立身揚名)** 사회적으로 인정을 받고 출세하여 이름을 세상에 떨침을 이르는 말이에요.

1 다음 상황에 알맞은 고사성어에 ○표 하세요.

(1) 책을 많이 읽어서 □한 거예요.

책을 소중히 읽어야지!

형, 나 이제 구구단 다 외웠어!

(2) 이틀 동안 9단을 못 외우더니 □의 노력으로 해냈구나.

① 위편삼절 (   )　② 수불석권 (   )

① 입신양명 (   )　② 마부위침 (   )

2 다음에서 설명하는 고사성어는 무엇입니까? (　　　)

'낮에 농사짓고 밤에 글을 읽는다.'는 뜻으로, 어려운 여건 속에서도 꿋꿋이 공부함을 이르는 말이다.

① 연목구어(緣木求魚)　　② 주경야독(晝耕夜讀)　　③ 대기만성(大器晩成)
④ 입신양명(立身揚名)　　⑤ 형설지공(螢雪之功)

이번 주 나의 독해력은?		
이번 주 학습을 모두 끝마쳤나요?	☺ ☺ ☹
광고에 나타난 표현의 적절성을 파악할 수 있나요?	☺ ☺ ☹
뉴스에 나타난 정보의 타당성을 파악할 수 있나요?	☺ ☺ ☹

PART3

문제해결 독해

글에서 감동적인 부분을 찾아 글쓴이의 마음에 공감하고
글을 읽고 난 감동을 표현하며 읽어요.
또, 여러 글에 나타난 다양한 문제 상황과 해결 방법을
나의 생활에 적용하며 창의적으로 읽는 방법을 배워요.

contents

16 인물의 삶과 나의 삶 관련 짓기

4주

★ 선을 따라가며 다음 인물이 추구하는 가치를 찾고, 그 가치와 비슷한 가치를 나타낸 그림을 찾아 보세요.

① 효도　　② 열정　　③ 생명 존중　　④ 창의성

주제 탐구

　인물이 처한 상황을 파악하고, 그 상황에서 인물이 한 말과 행동, 그 까닭을 생각하며 글을 읽으면 인물이 추구하는 가치를 알 수 있습니다. 그리고 인물이 처한 상황에서 나라면 어떻게 하였을지 생각하면 자신의 삶과 관련지을 수 있습니다.

1 이 글에 나타난 인물이 추구하는 가치를 보기 에서 찾아 쓰세요.

열정　　효도하는　　감사하는　　창의성　　신뢰성　　생명 존중

　흥부네 초가집에 제비 한 쌍이 둥지를 틀고 있었다. 그런데 어느 날 구렁이가 제비집을 노리고 어슬렁거렸다. 흥부는 재빨리 구렁이를 쫓아냈는데, 이때 제비 새끼 한 마리가 바닥에 떨어져 다리를 다치고 말았다. 흥부는 제비 새끼가 가여워서 다리를 치료한 다음 명주실로 동여매 주었다.

⑴ 흥부는 작은 생명일지라도 귀하게 여기는 (　　　　　　　)의 가치를 추구한다.

　심청은 아버지의 눈을 뜨게 하기 위해 뱃사람들을 찾아갔다. 뱃사람들도 심청의 효심을 알고 공양미 삼백 석을 주었다. 인당수의 제물이 되기 위해 떠나는 날, 심청은 아버지 심 봉사에게 밥상을 차려 주고 하직 인사를 하였다.

⑵ 자신의 목숨을 바쳐서라도 아버지의 눈을 뜨게 하려는 심청은 (　　　　　) 삶을 추구한다.

　에디슨은 어미 닭이 부화하려고 달걀을 품는 모습을 유심히 지켜보았다.
　"이야, 신기하다! 나도 달걀을 품으면 병아리를 낳을 수 있겠지?"
　에디슨은 양계장에 숨어 들어가 온종일 달걀을 품었다. 어른들은 이런 에디슨의 모습을 보고 이상한 아이라고 손가락질했다.

⑶ 에디슨은 모두가 당연히 여기는 것도 새롭게 생각하는 (　　　　　)의 가치를 추구한다.

　김정호는 우리나라 전체의 모습을 담은 지도를 만들기 위해 이름 없는 산과 강을 몇 바퀴씩 돌며 거리와 높이를 측정하였다. 밤낮을 가리지 않고, 비 오는 날이나 눈 오는 날이나 걷고 또 걸었다. 그사이 옷은 해져서 구멍이 숭숭 뚫리고 짚신도 너덜너덜해졌다.

⑷ 김정호는 지도를 만들겠다는 의지로 끊임없이 연구하는 (　　　　　)의 가치를 추구한다.

유형 1 **인물이 추구하는 가치 파악하기**

인물의 생각과 행동을 통해 인물이 추구하는 가치를 파악하는 문제입니다.

열악한 품질이나 능력, 시설 따위가 매우 떨어지고 나쁜.

1 슈바이처가 추구하는 가치로 알맞은 것을 <u>두 가지</u> 고르세요. (   )

국어

> 어느 날 슈바이처는 아프리카의 열악한 환경에 관한 책 한 권을 읽었다.
>
> '이럴 수가! 아프리카 사람들은 가뭄이 들면 먹을 것이 없고, 산불이 나면 나무에서 대충 자고, 전염병이 돌면 집단적으로 죽는다는 것이 사실일까? 나는 따뜻한 집에서 배불리 먹고 사는데 지구 저편에 이렇게 어려운 사람들이 있다니 딱하기도 해라!'
>
> 그때부터 슈바이처는 아프리카에 가기 위해 대학에서 의학을 공부했다. 의사가 되는 것은 많은 인내와 노력이 필요했지만 불쌍한 아프리카 사람들을 도와주어야겠다는 슈바이처의 의지를 꺾을 수는 없었다. 마침내 슈바이처는 의사 시험에 합격하여 아프리카에 갔고 그곳에서 하루도 쉬지 않고 아픈 원주민들을 돌보았다.

① 봉사   ② 안전   ③ 행복

④ 성공   ⑤ 열정

유형 2 **인물이 추구하는 삶 파악하기**

인물의 말과 행동을 통해 인물이 추구하는 삶을 파악하는 문제입니다.

창극단 판소리의 형식을 빌려 연기와 함께 창을 들려주는 우리나라 고유의 음악극을 전문적으로 공연하기 위하여 모인 사람들의 무리.
완창했다 판소리 한 마당을 처음부터 끝까지 쉬지 않고 불렀다.

2 이 글에서 알 수 있는 박동진이 추구하는 삶은 무엇인지 쓰세요.

음악

> 판소리 명창 박동진은 오랫동안 창극단 생활을 하며 실력을 쌓았다. 박동진은 국립 창극단에 입단한 뒤에도 하루에 18시간씩 목에서 피가 나올 정도로 열심히 연습하였다. 그 결과 고령의 나이에도 길게는 8시간까지 걸리는 판소리 다섯 마당을 완창했다.
>
> 어느 날 제자들이 그에게 소리를 잘 내는 방법에 대해 물었다.
>
> "소리꾼은 무대에서 관객을 울고 웃기는 광대다. 자나 깨나 연습을 하고 목을 써야만 제소리가 나오고, 그 소리로 관객에게 다가갈 수 있다. 소리의 깊은 맥을 잃지 않으려면 판소리의 가락과 함께 살아야 한다. 소리를 잘 내는 길은 연습밖에는 없다."
>
> 이 말을 듣고, 제자들은 저절로 고개를 숙일 수밖에 없었다.

3 ㈎의 글과 ㈏의 장보고가 추구하는 가치 도표를 보고, 이와 관련지어 자신의 경험을 말한 친구에 ○표 하세요.

유형 **3** 가치 도표와 관련 있는 경험 찾기

인물이 추구하는 여러 가치의 정도를 표로 정리한 가치 도표를 보고 이와 관련된 경험을 찾는 문제입니다.

진 예전에, 군사들의 대오를 편성하고 배치함.
장악하고 무엇을 마음대로 할 수 있게 휘어잡고.
교역 주로 나라와 나라 사이에서 물건을 사고팔고 하여 서로 바꿈.

㈎ 어느 날 장보고는 신라인이 일본 해적에게 붙잡혀 당나라로 끌려와 노예로 사는 모습을 보았다. 장보고는 왕의 허락을 받아서 청해진에 진을 설치하였다.

"우리 신라인에게 나쁜 짓을 하기 위해 이 곳 청해를 지나는 일본 해적들을 단 한 명도 돌려보내지 않을 것이다!"

장보고는 바닷길을 장악하고 눈부신 활약을 펼쳐서 서해와 남해의 바닷길을 되찾았다. 그 뒤로 신라 백성이 노예로 팔려 가는 일이 사라졌다.

바다를 장악한 장보고는 바닷길을 이용하여 당나라와 무역을 할 수 있는 방법을 생각하였다.

'우리 신라 백성들이 당나라와 교역을 하려고 해도 장소가 없어서 할 수가 없다. 내가 그 역할을 해야겠어!'

장보고는 '법화원'이라는 절을 지어 신라인들이 드나들며 자유롭게 장사를 할 수 있게 하였다. 얼마 뒤 장보고의 예상대로 법화원에 신라 상인들은 물론 당나라 상인들, 일본 상인들까지 몰려들어 신라에 큰 도움이 되었다.

㈏

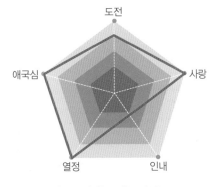

장보고가 추구하는 가치 도표

(1) 여름 방학 때 장보고처럼 중국에 가서 대륙이 얼마나 큰지 보고 왔어.

(2) 벼룩시장에서 물건을 많이 팔아서 장보고처럼 돈을 많이 번 적이 있어.

(3) 나도 장보고처럼 애국심이 넘쳐서 국가 대항 경기를 볼 때 내 일처럼 응원을 해.

●글의 종류 전기문

●글의 특징 ㉮ 이이의 말과 행동을 통해 이이가 추구하는 가치를 드러내고 있는 글입니다.
㉯ 전쟁을 대비하고, 전쟁 중에 죽으면서까지도 병사들의 사기를 걱정하는 모습을 통해 이순신이 추구하는 가치를 드러내고 있는 글입니다.

●낱말 풀이
약탈하는 폭력을 써서 남의 것을 억지로 빼앗는.
태평성대 어진 임금이 잘 다스리어 나라가 안정되어 아무 걱정 없고 평안한 시대.
양성하여 가르쳐서 유능한 사람을 길러.
한직 조직 안에서 중요하지 않은 직위나 직무.
개의치 어떤 일 따위를 마음에 두고 생각하거나 신경을 쓰지.
섬멸하려면 모조리 무찔러 멸망시키려면.
삼도 수군 통제사 임진왜란 때에, 경상·전라·충청 세 도의 수군을 통솔하는 일을 맡아보던 무관 벼슬. 또는 그 벼슬아치.
사기 의욕이나 자신감 따위로 충만하여 굽힐 줄 모르는 기세.

㉮ 조선 명종 때 왜구가 우리 백성들을 죽이고 약탈하는 일이 잦았어요. 그러다가 일본이 배 70여 척을 앞세우고 쳐들어온 뒤 한동안 전쟁이 없었지요. 하지만 병조 판서 이이는 나라의 운명이 걱정되었어요.

'태평성대라도 조선에 군대가 갖추어져 있지 않으면 언제라도 침략당할 수 있어!'

이이는 새로 왕에 오른 선조에게 '시무육조'를 만들어서 찾아갔어요.

㉠ "전하, 우리나라는 당파 싸움으로 나라의 힘이 말할 수 없이 약해졌습니다. 이대로 십 년만 지나면 왜적의 침입을 막지 못하고 나라에 어려운 일이 닥칠 것입니다. 십 년 내에 군사 십만 명을 양성하여 한양에 이만 명과 각 도에 일만 명씩을 두고 위급한 사태를 대비해야 합니다."

이 말을 들은 선조는 어찌할 바를 몰랐어요. 조정의 대신들은 이이의 말에 콧방귀를 뀌었지요.

"이렇게 태평성대에 전쟁이라니⋯⋯. 참 어리석은 사람입니다! 전쟁이 나더라도 명나라가 도와줄 텐데 무엇이 걱정입니까?"

그런데 얼마 후 조선은 20만 일본 대군의 침략을 받고 말았어요.

㉯ 임진왜란이 일어나자 조선은 일본과의 전투에서 대부분 패했지만 유독 바다에서는 승리의 소식이 전해졌어요. 이순신 장군이 여러 해전에서 승리했기 때문이지요. 당시 이순신은 당파 싸움에 밀려서 한직에 있었지만 개의치 않았어요. 그리고 매일 동료들과 밤잠을 설치며 전쟁에서 이길 작전을 짰지요.

'어떤 자리에 있든 나라를 위해서 목숨을 바칠 각오를 해야 해!'

하지만 일본은 섬나라이기 때문에 해전에 강한 것이 문제였어요.

"최신 무기의 왜군을 섬멸하려면 불화살에도 끄떡없는 철갑선을 만들어야 한다!"

이순신은 군사들과 몇 날 며칠 밤을 새워 가며 철갑선을 연구한 끝에 '거북선'을 탄생시켰어요. 그리고 이순신은 병사들과 가족처럼 지내며 서로 격려하고 배려하는 분위기를 이끌어 전투마다 큰 승리를 거두었지요.

마침내 이순신은 그 공을 인정받아 삼도 수군 통제사가 되었어요. 그러던 어느 날, 이순신은 노량 앞바다에서 전투 중에 왼쪽 가슴에 적의 총탄을 맞고 쓰러졌어요. 이순신은 죽어 가는 순간에도 자신의 아픔보다 병사들의 사기가 떨어질까 봐 걱정을 하며 짧은 유언을 남겼어요.

㉡ "나의 죽음을 적에게 알리지 마라."

지문 ★ ☆ ☆

낱말 ★ ★ ☆

1 이 글에서 이이와 이순신이 공통으로 추구하는 삶은 무엇입니까? (　　　)

이해

① 효도하는 삶

② 성공하는 삶

③ 다른 사람을 배려하는 삶

④ 실패해도 포기하지 않는 삶

⑤ 나라를 걱정하고 충성하는 삶

2 ㉠에서 추구하는 가치를 나타내는 고사성어는 무엇입니까? (　　　)

이해

① 일취월장(日就月將)

② 대기만성(大器晩成)

③ 타산지석(他山之石)

④ 유비무환(有備無患)

⑤ 사필귀정(事必歸正)

3 ㉡에서 추구하는 가치를 가치 도표로 나타낸 것의 기호를 쓰세요. (　　　)

추론

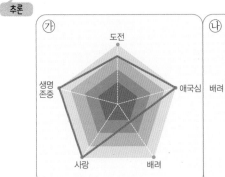
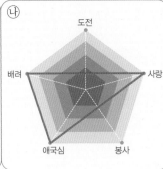
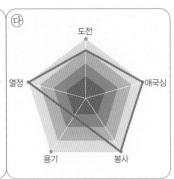

4 ㈎에 나타난 이이가 추구하는 삶과 관련된 자신의 경험을 생각하여 쓰세요.

문제해결

117

인물과 자신의 삶을 비교하며 작품을 읽고 자신의 생각 쓰기

★ 다음 두 장면에서 인물의 삶을 보고 자신의 삶과 알맞게 비교한 친구에 ○표 하세요.

주제 탐구

이야기에서 인물이 추구하는 삶을 살펴보면 자신의 삶과 비교할 수 있습니다. 먼저 인물이 처한 상황에서 한 말이나 행동을 보고 인물이 추구하는 삶이 무엇인지 생각해 봅니다. 그리고 만약 내가 인물과 같은 상황이라면 어떻게 할지 또는 자신의 삶과 비슷한 점이나 다른 점은 무엇인지 생각해 보며 인물과 자신의 삶을 비교해 봅니다.

1 이 글에서 인물이 추구하는 삶은 무엇인지 빈칸에 알맞은 말을 보기 에서 찾아 쓰세요.

> **보기**
>
> 도전　　　절약　　　우애　　　신뢰　　　희생

어느 마을 광장 한가운데 서 있는 행복한 왕자 동상은 행복하지 않다. 행복한 왕자는 우연히 만난 제비에게 자신의 몸에서 화려한 황금과 보석을 떼어 마을의 가난한 이웃에게 가져다 주라고 부탁한다. 행복한 왕자를 돕던 제비는 겨울이 되어 왕자 곁에서 죽고, 사람들은 볼품없어진 행복한 왕자와 제비를 구석에 던져버린다. 이에 행복한 왕자와 제비는 천사와 함께 하늘나라로 가게 된다.

오스카 와일드, 「행복한 왕자」

(1) 행복한 왕자는 이웃에게 모든 것을 (　　　　)하는 삶을 보여 준다.

'아무래도 동생은 새로 살림을 시작했으니 곡식이 더 필요할 거야. 몰래 동생 집에 볏단을 가져다 놓아야지.'

그래서 형은 깊은 밤 몰래 자신의 볏단을 동생 집의 볏단 위에 쌓아 두고 돌아왔어요.

'형님 댁은 우리보다 식구도 많고 제사도 지내야 하니 양식이 더 필요할 거야. 형님 댁에 볏단을 가져다 드려야겠어.'

그래서 동생은 한밤중에 몰래 형님네 볏단 위에 볏단을 쌓아 놓았어요.

(2) 두 형제는 형제 간에 서로를 생각하며 양보하는 (　　　　) 있는 삶을 보여 준다.

2 〈문제 1번〉에 나타난 두 인물의 삶과 자신의 삶을 비교하여 각각의 인물에게 하고 싶은 말을 쓰세요.

(1) 행복한 왕자에게 하고 싶은 말: --

----

(2) 형과 아우에게 하고 싶은 말: --

유형 1 인물이 추구하는 삶 파악하기

인물이 처한 상황, 인물이 하는 말과 행동을 통해 인물이 추구하는 삶을 파악하는 문제입니다.

암초 물속에 잠겨 보이지 아니하는 바위나 산호.
조류 밀물과 썰물 때문에 일어나는 바닷물의 흐름.

1 이 글에서 인물이 추구하는 삶은 무엇입니까? (　　　)

국어

나는 섬에 표류한 지 5년 동안 탈출을 시도했지만 번번이 실패했다. 그러다가 너무 무거워서 바다로 옮기지 못한 통나무배가 생각났다.

'이것보다 조금 작고 가벼운 배를 만들면 어떨까?'

그때부터 나는 희망을 갖고 쉴 새 없이 통나무배를 만들었다. 그러나 이번에는 배가 너무 작아 육지까지 갈 수 없었다. 실망했지만 대신 섬 주변을 탐색하기로 했다.

섬에서 산 지 육 년째 되는 해, 나는 배에 빵과 구운 과자, 옷 두 벌을 싣고 바다로 나왔다.

"아, 섬을 벗어나니까 가슴이 확 뚫리는구나!"

둥실둥실 떠가는 배에 몸을 맡긴 지 얼마나 되었을까? 바다 위에 검은 물체들이 넘실거렸다. 자세히 보니 바다 위로 솟아오른 암초들이었다. 바람이 거세져서 금방이라도 배가 암초에 부딪힐 것 같았다.

"앗, 조류를 타고 들어갔다가는 빠져나올 수 없겠는걸?"

나는 온 힘을 다해 노를 저어 바다 한가운데로 나왔다. 그리고 파도가 잠잠해지기를 기다리며 사흘 동안 바다에 있었다. 그러다가 그만 소용돌이에 휩쓸려 집과 정반대 쪽으로 멀어지며 소용돌이 속으로 빠져들었다.

"살려 주세요!"

아무도 없다는 것을 알고 있었지만 나는 있는 힘껏 소리를 질렀다. 그리고 뱃머리를 돌리려고 애를 썼지만 배는 마음대로 되지 않았고 힘이 점점 빠졌다.

'아, 이렇게 바다에 빠져 죽는구나! 섬에도, 고향에도 못 가고……'

그 순간 섬에 두고 온 오두막, 앵무새, 물건들이 새록새록 떠올랐다. 나는 절망에 빠져 바닷물을 내려다보았는데 파도가 잠잠해지고 내 보금자리가 있는 섬에 가까워지고 있었다.

다니엘 디포, 『로빈슨 크루소』

① 서로 도와 성공하는 삶

② 자연과 조화를 이루는 삶

③ 어려운 환경에 그대로 적응하는 삶

④ 어려운 환경을 극복하기 위해 도전하는 삶

⑤ 모험을 즐기며 다른 사람들에게 인정받는 삶

● (2~3) 다음을 읽고 물음에 답하세요.

> 어린 왕자는 장미꽃 정원에서 장미꽃들과 인사를 했다. 그 순간 어린 왕자는 갑자기 자신이 몹시 불행하게 느껴졌다. 이 세상에 자기와 같은 꽃은 오직 자기 하나라고 어린 왕자의 꽃은 말했었다. 그런데 이곳 정원에는 똑같은 장미꽃들이 오천 송이나 피어 있었다.
>
> ⊙ ┌ '내 꽃이 이걸 보면 몹시 상심할 테지. 창피해하는 모습을 보이지 않으려고 심하게 기침을 하면서 죽어 가는 시늉을 할 거야. 그럼 난 간호해 주는 척하지 않을 수 없겠지. 그렇게 하지 않으면 그 꽃은 └ 내게 죄책감을 느끼고 정말로 죽어 버릴지도 몰라.'
>
> 그리고 어린 왕자는 생각했다.
>
> '이 세상에 오직 하나뿐인 꽃을 가졌기에 나는 부자인 줄 알았어. 그런데 내가 가진 꽃은 그저 평범한 한 송이 장미꽃일 뿐이었어. 무릎 높이밖에 안 되는 화산 세 개, 그 중 하나는 영원히 불이 꺼져 버릴지도 모를 일이야. 이렇게 세 개의 화산과 꽃 한 송이를 가졌다고 해서 내가 아주 위대한 왕자가 될 수는 없어.'
>
> 갑자기 슬퍼진 어린 왕자는 풀밭에 엎드려 울음을 터뜨리고 말았다.
>
> 생텍쥐페리, 『어린 왕자』

죄책감 저지른 잘못이나 죄에 대하여 책임을 느끼거나 자책하는 마음.

2 어린 왕자와 갑자기 울음을 터뜨린 까닭은 무엇입니까? (   )

국어

① 장미꽃이 죄책감을 느끼고 죽을까 봐 두려워서
② 장미 한 송이와 화산 세 개만 가진 것이 속상해서
③ 자신이 위대한 왕자가 될 수 없다는 것을 깨달아서
④ 한 송이라고 생각한 장미꽃이 오천 송이나 있어 기뻐서
⑤ 화산 세 개 중 하나가 영원히 불이 꺼져 버릴까 봐 걱정이 되어서

유형 2 인물이 행동한 까닭 파악하기
인물이 처한 상황과 인물의 말에서 인물이 한 행동의 까닭을 파악하는 문제입니다.

3 ⊙에 나타난 삶과 자신의 삶을 비교하여 알맞게 말한 것에 ○표 하세요.

국어

(1) 소라: 나는 어린 왕자처럼 꽃을 좋아할 거야. (   )
(2) 영우: 나는 장미꽃처럼 제 잘못을 뉘우치며 살 거야. (   )
(3) 나리: 나도 어린 왕자처럼 친구를 배려하면서 살 거야. (   )
(4) 세경: 나는 겁많은 어린 왕자와는 다르게 용기 있게 살 거야. (   )

유형 3 인물이 추구하는 삶과 자신의 삶 비교하기
인물의 말에서 인물이 추구하는 삶을 파악하고, 자신의 삶과 비교한 것을 찾는 문제입니다.

●**글의 종류** 이야기(동화)

●**글의 특징** 이 글은 권정생이 쓴 동화 『아름다운 까마귀 나라』의 일부로, 힘센 나라의 눈치를 보며 거짓되게 사는 어른 까마귀들과는 달리 용기 있게 행동하는 아기 까마귀의 모습을 담은 이야기입니다.

●**낱말 풀이**
분간 가려서 아는 것.
거추장스러워 물건 따위가 크거나 무겁거나 하여 다루기가 거북하고 주체스러운 데가 있어서.

(가) 큰 까마귀와 작은 까마귀, 할아버지 까마귀와 할머니 까마귀, 모든 까마귀들이 진짜 까마귀인지 아닌지 분간을 못 했습니다.

까마귀의 새까만 깃털 대신 이상한 깃털 옷이 몸을 싸고, 우는 것까지 이상한 소리로 울기 때문입니다.

아기 까마귀 깽깽이는 거추장스러워 죽을 지경이었습니다.

(나) "엄마, 이렇게 덕지덕지 깃털을 붙이고 다니니까 힘이 들어 잘 날지도 못하겠어요."

아기 까마귀 깽깽이가 엄마한테 투덜거렸습니다. 투덜거린 것이 아니라 정직한 말을 한 것입니다. 그러나 엄마 까마귀는 발끈 화를 내었습니다.

"깽깽아, 너 무슨 소리를 하니? 그 시꺼먼 몸뚱이가 그래 부끄럽지도 않니? 우리 까마귀 나라도 이만큼 잘살게 되어, 그렇게 예쁜 깃털로 치장을 하고 다니니까 얼마나 날씬하고 예쁘니?"

(다) "그래, 까울랑까울랑 그렇게 울어야 한다. 한결 멋이 있잖니?"

엄마 까마귀는 하나에서 열까지 깽깽이를 그 훌륭한 나라의 새처럼 흉내 내기를 가르치는 것이었습니다.

(라) "엄마, 정말 이렇게 몸치장을 해야만 멋이 있는 거예요? 훌훌 벗어 버리면 안 돼요?"

깽깽이는 거듭거듭 물었습니다.

"정말은 말이지……"

엄마 까마귀는 잠깐 말을 끊었다가 목소리를 죽여 이렇게 말했습니다.

"깽깽아, 정말은 말이지. 우리는 어쩔 수 없이 이렇게 거짓되게 살아야 한단다. 훌륭한 나라의 새들이 우리 까마귀 나라를 다스리고 있으니까……"

아기 까마귀 깽깽이는 엄마 까마귀의 말을 다 듣기도 전에 모든 걸 깨달았습니다.

(마) 깽깽이는 슬그머니 밖으로 나갔습니다. 그러고는 입고 있던 거추장스런 옷을 훌훌 벗어던져 버렸습니다. 깽깽이는 푸른 하늘을 시원하게 날아다니며 모든 아기 까마귀들에게 얘기했습니다.

㉠"진짜 훌륭하고 아름다운 모습은 자기 모습 그대로 사는 거야."

"그래, 그래!"

온 나라 아기 까마귀들은 거짓 깃털 옷을 벗고 일제히 새까만 까마귀 모습으로 사이좋게 무리 지어 날았습니다.

권정생, 「아름다운 까마귀 나라」

지문 ★ ★ ☆

낱말 ★ ☆ ☆

1 이 글에서 깽깽이가 입고 있던 옷을 벗어 던진 까닭은 무엇입니까? (   )

이해

① 옷이 낡고 더러워서

② 엄마에게 반항하려고

③ 훌륭한 나라의 옷이라서

④ 옷이 마음에 들지 않아서

⑤ 자기 모습 그대로 살기 위해서

4주 2일
학습 끝!

붙임 딱지 붙여요.

2 이 글에서 깽깽이의 성격으로 알맞은 것을 <u>두 가지</u> 고르세요. (   )

추론

① 심술궂다.　　　　② 용기 있다.　　　　③ 욕심이 많다.

④ 이해심이 많다.　　⑤ 자기 표현을 잘한다.

3 ㉠에서 깽깽이가 추구하는 삶의 가치는 무엇인지 기호를 쓰세요. (   )

추론

㉮ 자신이 세상에서 가장 훌륭하다.

㉯ 꾸미지 않은 수수한 모습이 더 아름답다.

㉰ 거짓된 삶보다 진실한 삶을 사는 것이 의미 있다.

㉱ 남을 위해 사는 것보다 나를 위해 사는 것이 의미 있다.

4 이 글에 나타난 깽깽이와 나의 삶을 비교하여 하고 싶은 말을 쓰세요.

문제해결

깽깽아!

글쓴이의 생각과 자신의 생각을 비교하며 글 읽기

★ 다음 그림과 글에서 글쓴이의 생각을 살펴보고, 알맞은 답을 골라 ○표 하세요.

(1)
키티,
나는 바깥
세상이
두려워.

안네는 독일 군인을 피해 은신처에서 지내며 다른 사람에게 말할 수 없는 자신만의 비밀을 일기장 키티에게 털어놓았다.

안네는 이 글을 (가족들 / 자기 자신 / 독자 모두)이/가 읽을 것이라고 예상했다.

(2)

안네의 가족은 독일군에게 끌려가지 않기 위해 아버지 사무실에 있는 비밀 장소로 이사하였다.

안네가 이사한 까닭은 무엇입니까?
① 아버지 사무실이 좋아서   (   )
② 독일군에 끌려가지 않으려고   (   )

(3)
인간은
결국
선하다

수용소로!

안네는 일기장을 남긴 채 독일군에 잡혀 수용소로 끌려간다.

안네는 독일군에게 끌려가지만 인간은 (선하다 / 악하다)고 생각한다.

주제 탐구

글쓴이의 생각과 자신의 생각을 비교하며 글을 읽을 때에는 글쓴이의 생각을 파악하고 궁금한 점을 스스로에게 질문하며 읽습니다. 글쓴이와 자신의 생각에서 같은 점과 다른 점을 비교하며 읽고, 자신의 생각이 변화되었다면 그 까닭이 무엇인지도 생각해 봅니다.

● (1~2) 다음을 읽고 물음에 답하세요.

(개) 안네의 일기는 13살 소녀 안네 프랑크가 히틀러의 유대인 탄압을 피해 숨어 지내면서 키티라고 부른 일기장과 대화하는 형식으로 남긴 일기이다. 사춘기 소녀 안네는 일기장에 유대인이었기 때문에 겪어야 했던 고통과 공포, 사춘기 소녀의 풋풋한 감성 등을 쓰며 힘든 나날을 보낸다. 그러다가 독일군에 잡혀 수용소로 끌려가 숨을 거두었기 때문에 1944년 8월 1일 다음의 일기가 마지막 일기가 되었다.

(내) 내가 꿈을 버리지 않는 이유는 인간은 결국 선하다는 것을 믿고 있기 때문이다. 혼란과 불행, 그리고 죽음 위에 내 희망을 쌓아 올릴 수는 없다. 나는 세계가 차츰 황폐해 가는 것을 보고 수백만의 고통을 직접 느낄 수 있다. 그렇지만 하늘을 보면 언젠가는 모든 일이 다 잘되고 이 잔악함도 끝나고 또 다시 평화와 고요가 돌아오리라고 믿는다. 그때까지 어떻게든 꿈을 잃지 않도록 해야겠다. 어쩌면 그것들을 실현할 수 있는 날이 올지도 모르니까.

안네 프랑크, 『안네의 일기』

1 글쓴이가 (개)에서 전하고자 하는 내용은 무엇입니까? (   )

① 안네 일기장의 별명
② 안네의 마지막 일기 내용
③ 사춘기 소녀 안네의 외모 변화
④ 독일군에게 벗어나려는 안네의 의지
⑤ 안네가 겪은 독일군의 탄압과 속마음

2 (내)에서 안네가 꿈꾸던 세상을 골라 ○표 하세요.

(1) 황폐한 세계에서 고통받는 세상   (   )
(2) 혼란과 희망 사이에서 갈등하지 않는 삶   (   )
(3) 잔악함이 끝나고 평화와 고요가 있는 세상   (   )

1 이 글은 사도세자의 아내 혜경궁 홍씨가 쓴 기록이에요. 글쓴이가 대궐을 나가겠다고 쓴 까닭에 ○표 하세요.

> 동궁이 이미 폐위되어 그 처자 대궐에 있지 못할 것이나, 세손을 대궐 밖에 두어서는 두렵고 조심스러워서, 대조께 서찰을 올렸다.
> "이렇게 처분하시니 죄인의 처자가 그대로 대궐에 있기 황송하옵고, 세손을 대궐 밖에 두자니 죄가 더한 몸이 되어 두렵사오니, 이제 친정으로 나가겠나이다. 천은으로 세손을 보존하여 주옵소서."
>
> 혜경궁 홍씨, 「한중록」

(1) 대궐 생활이 글쓴이와 맞지 않아서 　　　　　　　　　　　(　　)

(2) 세손을 임금이 되도록 공부시키려고 　　　　　　　　　　(　　)

(3) 폐위된 동궁의 처라서 아들인 세손에게 해가 될까 봐 　　(　　)

2 글쓴이의 삶에 대한 생각이 드러난 부분의 기호를 쓰세요. (　　　)

> 동생 테오에게
> ㉠겨울이 지독하게 추우면 여름이 오든 말든 상관할 필요가 없지. 부정적인 것은 긍정적인 것보다 훨씬 강하니까 말이야.
> 그러나 우리가 받아들이든 받아들이지 않든 매섭고 추운 날씨는 결국 끝나게 되어 있고, 화창한 아침이 찾아오고 바람이 바뀌면서 눈이 녹는 때가 오겠지. ㉡늘 변하기 마련인 날씨와 우리 마음을 생각해 볼 때, 상황이 좋아질 수도 있다는 희망을 품게 된다.
> ㉢네가 떠난 후 밤거리를 걸어 다니다 집으로 돌아와 초상화를 그렸다. 잘 있어라.
>
> 고흐가
>
> '고흐가 테오에게 쓴 편지' 중에서

3 이 글의 '나'에게 할 수 있는 질문으로 알맞지 <u>않은</u> 것에 ○표 하세요.

국어

> "이 자식아! 성례구 뭐구 미처 자라야지!" 하고 만다.
>
> 이 자라야 한다는 것은 내가 아니라 내 아내가 될 점순이의 키 말이다.
>
> 내가 여기에 와서 돈 한 푼 안 받고 일하기를 삼 년 하고 꼬박 일곱 달 동안을 했다. 그런데도 미처 못 자랐다니까 이 키는 언제야 자라는 겐지 짜장 영문을 모른다. 일을 좀 더 잘해야 한다든지, 혹은 밥을 많이 먹는다고 노상 걱정이니까 좀 덜 먹어야 한다든지 하면 나도 얼마든지 할 말이 많다. 하지만 점순이가 아직 어리니까 더 자라야 한다는 여기에는 어째 볼 수 없이 고만 빙빙하고 만다.
>
> 김유정, 「봄봄」

(1) 점순이와 결혼하기 적당한 나이는 몇 살이에요? ( )
(2) 삼 년 동안 돈 한 푼 안 받고 일한 까닭은 무엇인가요? ( )
(3) 점순이 하고 그렇게까지 결혼하고 싶은 까닭이 무엇인가요? ( )
(4) 삼 년 간 점순이의 키가 크지 미처 않아서 마음이 어떠한가요? ( )

유형 **3** 인물에게 궁금한 점 질문하기

인물의 말과 행동에서 궁금한 점을 질문하는 문제입니다.

성례 결혼.
짜장 과연 정말로.
노상 언제나 변함없이 한 모양으로 줄곧.
빙빙하고 이리저리로 자꾸 돌아다니고.

4 ㉠에 나타난 글쓴이의 생각과 그에 대한 나의 생각을 공통점이나 차이점이 드러나도록 비교하여 쓰세요.

국어

> 두 아들에게
>
> 남이 알지 못하게 하려거든 그 일을 하지 말고, 남이 듣지 못하게 하려면 그 말을 하지 않는 것이 제일이다. 이 두 마디 말을 늘 외우고 실천한다면 크게 하늘을 섬길 수 있고 작게는 한 가정을 보전할 수 있을 것이다. ㉠<u>온 세상의 재앙과 환난, 근심과 질병, 하늘을 흔들고 땅을 움직이는 일이나 한 집안을 뒤엎는 죄악은 모두가 비밀로 하는 일에서 생겨나게 마련이니</u> 사물을 대하고 말함에 있어 그 결과를 깊이 살피도록 하여라.
>
> 정약용, 「유배지에서 보낸 편지」

유형 **4** 글쓴이의 생각과 내 생각 비교하기

제시된 글에 나타난 글쓴이의 생각과 나의 생각을 공통점이나 차이점을 들어 비교하는 문제입니다.

보전할 온전하게 보호하여 유지할.
환난 근심과 재난을 통틀어 이르는 말.

127

●글의 종류 수필(고전 수필)

●글의 특징 이 글은 광해군과 영창 대군을 둘러싼 역사적인 사건의 내막을 쓴 『계축일기』의 일부입니다. 이 글에는 왕(광해군)의 명령을 따라야 하는 나인의 입장에서, 영창 대군을 쫓아내려는 왕에 대한 서운함을 표현하는 인목 대비를 이해하는 마음이 나타나 있습니다.

●낱말 풀이
나인 고려·조선 시대에, 궁궐 안에서 왕과 왕비를 가까이 모시는 내명부를 통틀어 이르던 말.
선왕 선대의 임금.
유교 임금이나 부모가 죽을 때에 남긴 명령.
대역 국가와 사회의 질서를 어지럽히는 큰 죄. 또는 그런 행위.
대전 임금을 높여 이르는 말.
애통해 몹시 슬퍼하고 가슴 아파해.
모진 마음씨가 몹시 매섭고 독한.
언감생심 어찌 감히 그런 마음을 품을 수 있겠냐는 뜻으로, 전혀 그런 마음이 없었음을 이르는 말.

지문 ★★★

낱말 ★★☆

[앞 이야기] 광해군은 왕권을 위협하는 세력을 견제하기 위해 선조(아버지)의 아내 인목 대비를 서궁에 가두고 그의 아들 영창 대군을 강화로 내쫓기로 했다.

인목 대비께서는 정신을 잃고 죽은 듯이 누워 있다가 겨우 정신을 차리시고 곁에서 부축하는 나인들을 들어오라고 하고 말씀하셨다.

"너희도 사람이니 나와 대군이 아무 죄도 없다는 것을 알지 않느냐? 내가 무신년에 죽지 않은 것은 광해군이 선왕의 유교를 받들어 두 동생을 잘 보살펴 주리라 믿고 의지하였기 때문이다. 그런데 여러 해 동안 하루도 마음 편한 날이 없이 살아왔느니라. 이제 대역이라는 죄명을 뒤집어 씌워 친정 아버님과 동생을 죽이고, 나를 받들던 나인들까지 모두 죽이더니 영창 대군을 내놓으라고 하시는구나. 차라리 내가 이 자리에서 먼저 죽어 더는 이런 말을 듣고 싶지 않으나 대전께서 대군의 목숨을 해치지 않겠다고 하신 말씀을 믿고 대군을 보내려 하노라. 옥에 갇힌 두 오라버니를 놓아 주셔서 어머니를 모시게 해 주시기를 바란다고 대전에 말씀을 전하여 다오."

하시고 애통해 하시니, ㉠사람으로서 눈물 없이 차마 들을 수 없더라. 그런데 대전 나인들은 모진 말을 거리낌 없이 하되,

"이토록 말씀하시지 않더라도 왕께서 어련히 알아서 잘하시겠습니까? 속히 내어보내도록 하여 주십시오. 이 두 동생들과 고이 살게 하겠습니다. 대군을 빨리 내어보내 주십시오. 종이며 그릇들이며 궐내에 있던 대로 갖추어 보내시고 언감생심으로라도 다른 길로 빼돌리지 마십시오. 요양을 나가는 것이니 오히려 편안하고 좋으실 겁니다."

하더라. 차마 내어보내시지를 못하고 한없이 통곡하시니 두 아기들도 곁에서 함께 우시더라. 위에서 통곡하시며,

"하늘이시여! 제가 무슨 죄를 지었길래 이토록 서럽게 하십니까?"

인목 대비께서 엎드려 흐느끼니, 그 모습을 본 사람들은 비록 강철 같은 마음을 가진 사람이라도 눈물을 흘리지 않을 수 없었다.

그러나 왕이 보낸 나인들은 울고 있는 대비전의 나인들 사이에 끼여 앉아서 눈을 부라리며 야단을 쳤다.

"너희가 울고 슬퍼하면 대비께서 대군을 내주지 않으실 테니, 좋은 낯으로 어서 들어가 대군을 보내시라고 말씀드려라. 눈물 자국이 있는 채로 들어가면 모두 죽을 것이니라."

그러자 대비전의 나인들은 제각기 눈물을 감추고 들어가서 여쭈었다.

작자 미상, 『계축일기』

1 이 글에 대한 설명으로 알맞은 것을 <u>모두</u> 고르세요. (   )

이해

① 궁중에서 있었던 일을 기록한 글이다.

② 후궁에 대한 왕비의 질투심이 드러나 있다.

③ 당시 왕과 벌이는 싸움이 직접적으로 나타나 있다.

④ 궁중 내의 권력 다툼의 모습이 간접적으로 그려져 있다.

⑤ 글쓴이가 모시는 분의 감정에 공감하는 마음이 드러나 있다.

4주 3일 학습 끝!

붙임 딱지 붙여요.

2 ㉠에 나타난 글쓴이의 태도는 무엇입니까? (   )

이해

① 인목 대비의 울음소리를 듣기 싫어한다.

② 인목 대비를 아들과 떼어 놓으려고 하고 있다.

③ 인목 대비의 서러움을 이해하고 공감하고 있다.

④ 인목 대비에 반대하고 왕에게 충성하고자 한다.

⑤ 인목 대비에게서 아들을 떨어뜨리지 못하도록 맞서고 있다.

3 글쓴이가 처한 상황으로 알맞은 것은 무엇입니까? (   )

추론

① 다른 나인들을 달래려는 상황

② 자신이 궁궐 밖으로 내쫓기는 상황

③ 영창 대군을 내보내려는 나인들을 처벌하려는 상황

④ 인목 대비가 영창 대군과 함께 내쫓기는 모습을 보는 상황

⑤ 영창 대군을 궁궐 밖으로 내보내지 않으려는 인목 대비를 지켜보는 상황

4 이 글에 나타난 글쓴이의 생각과 자신의 생각을 공통점이나 차이점이 드러나도록

문제해결 비교하여 쓰세요.

129

19 자신의 생각과 다른 사람의 생각 비교하기

4주

★ 다음 상황에서 남자아이가 해야 할 행동을 생각해 보고, 두 입장에 알맞은 근거를 골라 ○표 하세요.

엄마의 약 심부름을 하다가 길 잃은 할머니를 보았을 때

(1) 엄마 심부름을 먼저 해야 해.

① 엄마가 편찮으시니까 먼저 약부터 사다 드려야 해.　② 할머니께서 길을 찾는 정도는 스스로 하셔야 해.

(2) 할머니를 먼저 도와 드려야 해.

① 할머니가 우리 할머니와 닮으셨기 때문이야.　② 할머니를 돕지 않으면 더 큰 일이 일어날 수도 있어!

주제 탐구

　어떤 문제에 대해 서로 다른 생각을 밝힌 글을 읽을 때에는 각 주장에 대한 근거가 믿을 만한지, 사실인지, 정확한지를 판단해야 합니다. 서로 다른 주장에 대한 다양한 근거와 자료를 비교하면서 판단하면 내용을 더 깊이 있게 이해할 수 있습니다.

● (1~3) 다음을 읽고 물음에 답하세요.

> 사회자: 남자아이가 엄마의 약 심부름을 가다가 길을 잃고 헤매는 할머니를 보았습니다. 이때 할머니를 도와야 하는지 토론해 보겠습니다.
>
> 찬성편: 할머니를 도와야 한다고 생각합니다. 왜냐하면 어려움에 처한 사람을 보고 외면하는 것은 옳지 않기 때문입니다.
>
> 반대편: 나는 할머니를 도와 드리지 않아도 된다고 생각합니다. 왜냐하면 할머니를 만난 일보다 엄마의 약 심부름이 먼저 있었던 일이기 때문입니다.
>
> 사회편: 두 주장에 대한 근거로 제시할 수 있는 뒷받침 자료를 말해 봅시다.
>
> 찬성편: 얼마 전 신문에서 치매 할머니를 그대로 방치하여 돌아가셨다는 기사를 본 적이 있습니다.
>
> 반대편: 지난번에 제가 동생을 학원에서 데려오기로 했는데, 그 약속을 지키지 않아 동생이 혼자 길을 건너다가 자전거 사고를 당한 일이 있습니다.

1 이 글의 토론 주제로 알맞은 것에 ○표 하세요.

(1) 할머니를 도와야 하는가? (   )

(2) 엄마보다 할머니가 더 중요한가? (   )

(3) 부모님의 심부름 도중에 만난 어려움에 처한 사람을 도와야 하는가? (   )

2 이 글에 나타난 주장과 근거를 정리한 것이에요. 빈칸에 알맞은 말을 쓰세요.

	찬성편	반대편
주장	할머니를 도와야 한다고 생각한다.	할머니를 도와 드리지 않아도 된다고 생각한다.
근거	어려움에 처한 사람을 보고 (1) ( )하는 것은 옳지 않기 때문이다.	할머니를 만나기 전 엄마의 (2) ( )이/가 먼저이기 때문이다.

3 찬성편과 반대편이 근거를 뒷받침하려고 사용한 자료 두 가지를 고르세요. (   )

① 책   ② 경험   ③ 신문 기사

④ 통계 자료   ⑤ 전문가의 의견

유형 1 토론 주제 파악하기

찬성편과 반대편의 주장을 바탕으로 토론 주제를 파악하는 문제입니다.

1 다음 빈칸에 알맞은 이 토론의 주제는 무엇인지 쓰세요.

국어

사회자: 요즘 우리 반에 별명을 부르는 사람이 많습니다. [　　　]에 대해 토론해 봅시다.

찬성편: 별명을 불러도 된다고 생각합니다. 별명은 친근감을 주어서 친구 사이를 더 가깝게 만들고 어릴 적 추억으로 남기 때문입니다.

반대편: 별명을 부르지 말아야 한다고 생각합니다. 별명은 대부분 놀림의 대상이므로 상대방을 기분 나쁘게 만들기 때문입니다.

유형 2 근거를 뒷받침하는 자료 찾기

토론 주제에 대한 반대편 근거를 뒷받침하는 데 알맞은 자료를 찾는 문제입니다.

2 이 토론에서 반대편의 주장에 대한 근거를 뒷받침하는 자료로 알맞은 것에 ○표 하세요.

국어

사회자: 실내화를 신고 운동장에 나가는 친구들 때문에 교실이 더러워지고 있습니다. 이런 친구들에게 벌금을 내게 하자는 의견에 대해 토론해 봅시다.

찬성편: 실내화를 신고 운동장에 나가는 친구들에게 벌금을 내게 해야 합니다. 벌금을 내는 것이 싫어서라도 앞으로 그런 일을 하지 않을 것이기 때문입니다.

반대편: 실내화를 밖에 신고 나가는 친구들이 벌금을 내야 한다는 것에 반대합니다. 실내화를 신고 운동장에 나가지 않도록 하는 방법이 꼭 벌금일 필요는 없기 때문입니다.

사회자: 각 근거를 뒷받침하는 자료를 말씀해 주시기 바랍니다.

찬성편: 옆 반은 벌금을 내게 한 결과 운동장에 실내화를 신고 나가는 일이 줄어들었습니다.

반대편: [　　　　　　　　　　　　　　　　　　　　　　　]

⑴ 부모님이 벌금을 내는 것이 가장 효과적이라고 말씀하셨습니다.(　　　)

⑵ 책에서 벌금을 내면 반감이 커져서 오히려 금지한 일을 지키지 않는다는 사실을 읽었습니다. (　　　)

⑶ 어린이 신문에서 교실 청소하기나 선생님 말씀 등으로 비슷한 문제를 해결한 기사를 본 적이 있습니다. (　　　)

3 이 글에서 ⊙에 들어갈 찬성편의 반론으로 알맞지 <u>않은</u> 것에 ○표 하세요.

유형 3 반론 예상하기

상대방의 주장을 뒷받침하는 근거에 대한 반론으로 알맞지 않은 것을 찾는 문제입니다.

콘텐츠 각종 유무선 통신망을 통해 제공되는 디지털 정보를 통칭하여 이르는 말.

국어

> 사회자: 요즘 초등학생 1인 방송 제작자가 늘고 있습니다. 초등학생이 1인 방송 제작자를 하는 것이 바람직한가에 대해 의견을 나누어 보겠습니다.
>
> 반대편: 저는 바람직하지 않다고 생각합니다. 첫째, 콘텐츠의 주제가 어린이에게 부적절한 것이 많기 때문입니다. 화장을 예쁘게 하는 법이나 게임 잘 하는 법 등 초등학생에게 자극적인 내용이 많습니다. 이런 내용에만 관심을 가지면 학업에 방해가 되기 때문입니다.
>
> 둘째, 컴퓨터나 스마트폰 중독이 심해질 수 있습니다. 방송을 진행하기 위해서는 컴퓨터나 스마트폰을 계속 보고 반응을 살펴보아야 하기 때문입니다. 초등학생 때 전자 매체에 중독되면 건강을 해칠 수 있습니다.
>
> 셋째, 왜곡된 언어를 배우고 악성 댓글로 상처받을 수 있습니다. 인터넷 용어는 대부분 줄임 말이나 외계어가 많고, 악성 댓글이 달리기도 합니다. 이럴 경우 왜곡된 언어 생활에 길들여지기 쉽고, 악성 댓글 때문에 마음에 상처를 받을 수 있습니다.
>
> 찬성편: 저는 바람직하다고 생각합니다. [⊙]
>
>

(1) 1인 방송 제작자가 만드는 콘텐츠가 실제로는 유익한 것이 많습니다. 역사나 외국어 공부 방송은 학교 생활에 도움을 줍니다. ( )

(2) 스마트폰 중독은 시대적 변화일 뿐입니다. 초등학생들이 게임, 인터넷 검색, 누리 소통망 등을 이용하는 것은 당연한 것입니다. ( )

(3) 왜곡된 언어 생활과 악성 댓글은 일부 예의 없는 구독자에 국한된 문제입니다. 1인 방송 제작자 대부분은 초등학생다운 언어를 사용하고 악성 댓글에도 재치 있게 대처합니다. ( )

●글의 종류 토론 기록문

●글의 특징 이 글은 '중학교에서 교복을 입어야 하는가'라는 논제에 대해 찬성편과 반대편 입장에서 토론한 것을 정리한 글입니다.

●낱말 풀이
소속감 자신이 어떤 집단에 딸려 있음을 느끼는 마음.

지문
★
★
☆

낱말
★
★
☆

사회자: 이제 곧 우리는 중학생이 됩니다. 중학교에 올라가면 대부분 교복을 입게 되는데, 이번 시간에는 '중학교에서 교복을 입어야 하는가'라는 주제를 가지고 토론을 해 보도록 하겠습니다.

ⓐ 찬성편 1: 저는 중학교에서 교복을 입는 것이 좋다고 생각합니다. 그 이유는 교복을 입으면 학생다워 보이기 때문입니다. 교복을 입으면 어느 학교 학생인지를 쉽게 알 수 있어서 학생 스스로 신중하게 행동할 것입니다. 그리고 교복 착용은 자유로운 복장을 했을 때 드러날 수 있는 경제력의 차이를 없애 주는 좋은 방법이라고 생각합니다.

ⓑ 반대편 1: 저는 교복을 입는 것이 학생다운 것은 아니라고 생각합니다. 오히려 교복은 학생에게서 개성과 창의력을 표현할 수 있는 권리를 빼앗는다고 생각합니다. 그리고 교복을 입으면 경제력의 차이가 드러나지 않는다는 장점과 달리 유명 브랜드의 교복을 구입하거나 동복, 춘추복, 하복 등 계절별로 교복을 각각 구입하는 데 비용이 많이 듭니다. 즉 형편이 어려운 학생에게는 부담이 될 수 있습니다.

사회자: 각 입장의 보충 의견은 없으십니까?

ⓒ 찬성편 2: 찬성편의 보충 의견입니다. 교복을 입으면 옷에 대한 고민을 하지 않아서 학업에 더 집중할 수 있습니다. 그리고 학교에 대한 소속감을 주어 학교 교칙을 잘 지키고 원만한 학교 생활을 할 수 있습니다.

ⓓ 반대편 2: 반대편 입장을 보충하겠습니다. 교복은 다른 옷보다 활동하기가 불편하여 어깨를 움츠리거나 항상 배에 힘을 주고 다니는 경우가 많습니다. 결국 자세가 흐트러져 건강을 해칠 수 있습니다.

사회자: 각 의견에 대한 반론은 없으십니까?

ⓔ 찬성편 3: 교복이 일반 옷보다 불편하다는 것은 고정 관념입니다. 요즘 교복은 개성을 강조하고 활동이 편한 생활복을 교복으로 입는 학교도 많습니다.

반대편 3: ㉮

1 이 글에 대한 설명으로 알맞은 것을 <u>두 가지</u> 고르세요. (   )

이해

① 토론을 한 기록을 적은 글이다.

② 다수결의 원리로 결론을 도출해 내는 글이다.

③ 사회자, 찬성편 토론자, 반대편 토론자가 있는 글이다.

④ 사회자가 양측의 주장을 정리하여 결론을 도출해 낸다.

⑤ 다양한 자료를 통해 상반된 의견을 한 가지 의견으로 통일한다.

4주 4일
학습 끝!

붙임 딱지 붙여요.

2 이 글에서 반대편이 제시한 근거가 <u>아닌</u> 것의 기호를 쓰세요. (   )

이해

> ㉮ 교복은 활동하기 불편하여 건강을 해친다.
>
> ㉯ 교복은 학생이 개성을 표현할 권리를 빼앗는다.
>
> ㉰ 교복은 자유로운 복장보다 경제력의 차이가 드러나지 않는다.
>
> ㉱ 계절별 교복을 모두 구입하기 힘든 사람에게는 경제적 부담이 된다.

3 ㉠~㉤ 중 다음을 뒷받침 자료로 활용할 수 있는 것의 기호를 쓰세요. (   )

추론

> 시대가 바뀌면서 교복은 획일화된 디자인에서 점차 학생들의 개성을 드러
> 내는 방향으로 변화하였다. ○○고등학교가 교복으로 후드티와 반바지를 채
> 택하는 등 최근에는 실용성과 편안함을 강조하는 방향으로 교복 디자인이 바
> 뀌고 있다. 　　　　　　　　　　　　　　　『○○신문(20○○년 7월 26일)』

4 보기를 참고하여 찬성편의 근거 중 한 가지를 골라 ㉮에 들어갈 반론을 쓰세요.

문제해결

보기

> ㉠ 찬성편 의견에 대한 반론의 예
>
> 　학교에서는 교복 말고도 경제적 차이가 드러나는 것들이 많습니다. 유명 브
> 랜드의 학용품이나 신발 등 각종 소지품에서 경제적 차이가 드러날 수 있습
> 니다.

자신의 경험을 떠올리며 작품 감상하기

★ 다음 내용에 알맞은 책 제목을 찾아 사다리를 타고 내려가 보세요.

(1) 앨리스가 이상한 약을 마시고 몸이 줄어들거나 커지기를 반복하면서 땅속 나라를 여행한다.

(2) 추운 겨울 먹이를 구하던 장끼와 까투리는 콩 한 알을 발견한다. 까투리가 말렸지만 장끼가 콩을 먹고 덫에 걸려 죽는다.

(3) 어린 왕자가 비행사에게 여섯 개의 별에서 만난 사람과 사물에 대해 이야기하고 훗날 자기 행성으로 돌아간다.

① 『장끼전』

② 『어린 왕자』

③ 『이상한 나라의 앨리스』

주제 탐구

독서 감상문을 읽을 때에는 작품 속 내용과 비슷한 자신의 경험을 떠올려 비교하며 읽습니다. 그리고 이야기를 읽은 동기와 인상적인 부분이 무엇인지, 글쓴이의 느낌이 잘 표현된 문장이나 낱말은 무엇인지 살펴보며 읽습니다

1 다음은 독서 감상문을 읽으면서 떠올린 경험이에요. 주어진 상황과 어울리는 경험에 ○표 하세요.

(1) 앨리스는 몸이 커지는 바람에 옴짝달싹할 수 없어서 당황했다.	① 동생과 달리기를 하다가 동생이 넘어지는 바람에 다쳐서 엄마께 혼난 적이 있다. ( )
	② 운동회에서 원형 통 통과하기를 할 때 원형 통에 엉덩이가 끼어서 나오지 못해 창피했던 적이 있다. ( )

(2) 장끼가 까투리의 말을 듣지 않고 콩을 먹다가 덫에 치어 죽었다.	① 배탈난다고 찬 음료를 먹지 말라는 엄마 말씀을 듣지 않고 찬 음료를 먹었더니 오히려 시원했다. ( )
	② 나는 추우니까 점퍼를 입고 가라는 엄마 말씀을 듣지 않고 학교에 갔다가 감기에 걸려 고생을 했다. ( )

(3) 어린 왕자가 여우에게 친구를 기다리는 시간이 즐거웠다고 이야기해 주었다.	① 놀이터에서 만나기로 약속한 친구가 나타나지 않아 화가 났다. ( )
	② 친구와 자전거를 함께 탈 생각에 약속 시간에 늦는 친구를 기다리는 것도 즐거웠다. ( )

2 자신의 경험을 떠올리며 독서 감상문을 읽을 때 살펴보아야 할 것이 <u>아닌</u> 것의 기호를 쓰세요. (   )

> ㉮ 글쓴이가 책을 읽은 동기
> ㉯ 글쓴이가 책을 읽은 시기
> ㉰ 글쓴이의 느낌이 잘 표현된 부분
> ㉱ 글쓴이가 책을 읽으면서 인상적이었던 부분

1 독서 감상문에서 글쓴이가 가장 인상 깊다고 생각한 장면에 ○표 하세요.

국어

> 천재 화가로 불리는 '이중섭' 전기문을 읽었다. 나는 이 책을 읽기 전에는 이중섭을 황소 그림을 잘 그리는 화가로만 알고 있었다. 그런데 이 책을 읽고 난 후 이중섭이 참 불쌍하다는 생각이 들었다. 왜냐하면 아버지가 일찍 돌아가셔서 가난한 생활을 했고, 가족을 일본에 떠나보내고 홀로 지냈기 때문이다. 그리고 숨을 거둘 때에도 아무도 돌보지 않아 쓸쓸히 죽어갔다.
>
> 이 책에서 가장 마음 아팠던 장면은 가족이 보고 싶어서 일본에 갔다가 쫓겨난 뒤 아들들을 그리워하며 아들과 노는 그림을 그린 것이다. 얼마나 보고 싶었으면 매일 아들 그림을 그렸을까?
>
> 이 책은 그림을 잘 그렸던 이중섭이 아니라 평범한 인간으로서의 이중섭의 모습이 그려져 있어서 더 공감이 갔다.

(1) 이중섭이 황소 그림을 잘 그린 장면 ( )

(2) 이중섭이 홀로 쓸쓸히 숨을 거두는 장면 ( )

(3) 이중섭이 아들들이 보고 싶어서 아들과 노는 그림을 그린 장면 ( )

2 독서 감상문에서 글쓴이가 책을 읽게 된 동기는 무엇입니까? ( )

국어

> 나는 『소나기』라는 책이 학급 문고에 오랫동안 꽂혀 있는 것을 보고 읽어야겠다고 생각했는데 마침 독후감 숙제가 있어서 읽게 되었다.
>
> 이 책은 주인공의 이름이 없고 소년과 소녀인 것이 특이했다. 소녀와 소년은 개울가에서 처음 만난다. 소극적인 소년은 징검다리에서 소녀가 비키기만을 마냥 기다리는데 소녀는 소년에게 조약돌을 던지며 관심을 표현한다. 이를 계기로 소년과 소녀는 산에 놀러 가는데, 소나기가 내려 소년과 소녀는 비를 피하면서 더욱 가까운 사이가 된다. 하지만 소년은 그 일로 소녀가 감기에 걸려서 죽었다는 소식을 듣게 된다.
>
> 나는 이 책이 남자와 여자의 사랑 이야기라서 조금 어색했다. 그리고 내가 소년이라면 소녀에게 고백하고 사귀자고 할 것 같았다.

① 사랑 이야기를 좋아해서　　　　② 주인공 이름이 특이해서

③ 학급 문고를 읽어야 해서　　　　④ 독후감 숙제를 해야 해서

⑤ 제목을 보고 책 내용이 궁금해서

3 ㉠과 비슷한 자신의 경험을 말한 친구에 ○표 하세요.

유형 **3** 책 내용과 비슷한 경험 찾기

책의 내용과 비슷한 경험을 이야기한 것을 찾는 문제입니다.

품평회 물건이나 작품 따위를 모아 놓고 그 품질을 평가하여 사람들에게 보이는 대회.

> 나는 『샬롯의 거미줄』이라는 책 제목을 보았을 때 샬롯이 사람 이름인 줄 알았다. 그런데 샬롯은 돼지 윌버의 헛간에 사는 거미 이름이었다.
> 샬롯은 윌버가 주인에게 버림받고 햄이 될 운명에 처했을 때 거미줄로 '대단한 돼지'라는 글자를 만들어 윌버가 위기에서 벗어나게 해 준다. ㉠이 일로 유명해진 윌버가 품평회에 갈 때에도 샬롯은 함께 가서 특별상을 탄 윌버를 진심으로 축하해 주고, 그 자리에서 514개의 알을 낳고 죽는다. 윌버는 눈물을 흘리며 샬롯이 낳은 알들을 가지고 오는데, 이 중 살아남은 3개의 알이 샬롯처럼 윌버를 위로한다.
> 이 책은 동물 사이의 우정을 그린 내용으로, 나는 샬롯과 윌버의 우정을 보며 나도 친구에게 도움이 되는 사람이 되어야겠다고 생각했다.

(1) 친구가 사 준 간식을 다시 내가 산 적이 있어.　　　　　　(　　　)

(2) 친구가 자전거를 타자고 했는데 숙제 때문에 거절했어.　　(　　　)

(3) 친구가 수학 경시 대회에서 좋은 성적을 얻었을 때 내 일처럼 기뻐해 주었어.　　　　　　　　　　　　　　　　　　　　(　　　)

4 ㉠~㉤ 중 글쓴이의 생각이나 느낌을 나타낸 것을 두 가지 찾아 기호를 쓰세요. (　　　　　)

유형 **4** 책을 읽고 난 생각이나 느낌 찾기

독서 감상문에서 글쓴이가 책을 읽고 난 후의 생각이나 느낌을 표현한 부분을 찾는 문제입니다.

> 은빈이에게
> 은빈아, 안녕? 나는 얼마 전에 『한국사 편지』라는 책을 읽었어. 이 책은 역사책이지만 내용이 재미있어서 너에게 소개해 주려고 해.
> ㉠『한국사 편지』는 작가인 엄마가 딸에게 역사를 들려주는 듯한 말투로 되어 있어. ㉡내가 읽은 1권에는 선사 시대부터 통일신라 시대까지의 역사 이야기가 담겨 있었어. ㉢구석기 시대의 채집 생활이나 신석기 시대의 토기 모습, 고조선을 세운 단군 이야기, 삼국 시대의 변화, 발해의 건국 등이 사진과 함께 실려 있어.
> ㉣나는 이 책을 읽으면서 역사를 엄마께 듣는 듯한 느낌이 들었어. ㉤나도 역사 이야기를 엄마와 함께 읽으면 더 재미있겠다고 생각했어. 너도 이 책을 꼭 읽어 보길 바랄게.
> 　　　　　　　　　　　　　　　　　　　　　　　　　정은이가

●글의 종류 독서 감상문

●글의 특징 이 글은 박완서의 『자전거 도둑』을 읽고 쓴 독서 감상문입니다. 책을 읽은 동기, 책의 줄거리, 자신의 경험과 비교한 내용, 글을 읽은 후의 생각이나 느낌이 잘 나타나 있습니다.

●낱말 풀이
반사적으로 어떤 자극에 순간적으로 무의식적 반응을 보이며.
죄책감 저지른 잘못에 대하여 책임을 느끼는 마음.
가책 자기나 남의 잘못에 대하여 꾸짖어 책망함.
돌발 상황 뜻밖의 일이 갑자기 일어난 상황.
횡포 제멋대로 굴며 몹시 난폭함.

나는 『자전거 도둑』이라는 책을 읽었다. 이 책에는 여러 편의 동화가 들어 있는데, 그중에서 첫 번째 수록된 동화가 「자전거 도둑」이다. 이 책을 읽게 된 것은 엄마가 가장 좋아하는 작가인 박완서 선생님이 쓰신 책이라며 추천해 주셨기 때문이다.

주인공 수남은 시골에서 올라온 가난하지만 성실한 소년으로, 전기용품 도매상에서 주인 영감을 도와 일을 한다. 그러던 어느 날 물건 배달을 갔다가 세워 두었던 자신의 자전거가 쓰러지면서 신사의 자동차를 긁고 만다. 그런데 신사는 자전거에 자물쇠를 채우고, 이 자전거를 찾으려면 5천 원을 내놓으라고 말하고 떠난다. 수남의 딱한 처지를 잘 아는 구경꾼들은 수남의 편을 들며 외친다.

"도망가라, 어서어서 자전거를 번쩍 들고 도망가라."

수남은 반사적으로 자전거를 들고 도망을 치고, 사람들은 다행이라고 한다. 가게로 돌아온 수남이 주인 영감에게 이 사건을 이야기하자 주인 영감은 오히려 잘했다며 칭찬한다. 하지만 그 후 수남은 자신의 자전거를 자기가 훔친 일에 대해 죄책감을 느낀다. 더욱이 도둑이었던 형이 경찰들에게 붙잡혀 가던 모습을 떠올리고, 무슨 짓을 하든 도둑질만은 하지 말라던 아버지의 말을 떠올리며 괴로워한다. 결국 수남은 아버지가 계신 시골로 가기로 마음먹는다.

이 책에서 ㉠수남은 작은 사고로 저지른 잘못 때문에 양심의 가책을 느낀다. 그런데 ㉡자기 자전거를 자기가 훔친 것은 엄밀히 따지면 수남의 잘못이 아니다. 오히려 그 주변 어른들의 잘못이 더 크다고 생각한다. 돌발 상황에서 넘어진 수남의 자전거에 차를 긁혔다고 자전거에 자물쇠를 채우고 돈을 요구하는 신사도 잘못이고, 떳떳하지 못한 일인데 도망치라고 한 구경꾼들도 잘못이고, 수남의 행동을 잘했다고 말한 주인 영감도 잘못이라고 생각한다. 결국 수남은 많은 어른들의 횡포에 희생당한 아이일 뿐이다. 나도 내 일을 다른 사람이 선택해 주거나 내 의지와 관계없는 일을 억지로 하면 괴로울 때가 있다. 내 적성과 관계없이 어른들이 정해 놓은 국어, 영어, 수학을 공부하는 지금의 상황이 그렇다. 그런데 아직 내 선택에 대한 확신이 없기 때문에 수남과 같이 고민을 하는 것인지도 모르겠다. 그래도 부모님이 옆에서 격려해 주시는 것을 보면 수남이보다는 나은 상황인 것 같다.

도망가거라!

1 이 글에 대한 설명으로 알맞지 <u>않은</u> 것은 무엇입니까? (   )

이해

① 책을 읽고 쓴 독서 감상문이다.

② 책을 읽은 동기와 줄거리가 나타나 있다.

③ 책을 읽고 난 생각이나 느낌이 나타나 있다.

④ 작가에게 바라는 글쓴이의 마음이 나타나 있다.

⑤ 책의 내용과 자신의 경험을 비교한 내용이 들어 있다.

4주 5일
학습 끝!

붙임 딱지 붙여요.

2 글쓴이가 이 책을 읽게 된 동기는 무엇입니까? (   )

이해

① 엄마가 추천해 주셔서

② 박완서 선생님이 쓰셔서

③ 엄마가 좋아하시는 책이어서

④ 제목을 보고 내용이 궁금해져서

⑤ 책 표지 그림이 재미있어 보여서

3 ㉠과 관련된 자신의 경험을 말한 것으로 알맞은 것의 기호를 쓰세요. (   )

문제해결

㉮ 유리창을 내가 깨뜨리지 않았는데 오해받아서 억울했어.

㉯ 동생 머리핀이 없어졌는데, 나를 의심하는 것 같아 화가 났어.

㉰ 달리기 경기를 할 때 친구가 내 발에 걸려 넘어져 팔이 부러졌어. 그것이
    꼭 내 잘못 같아서 괴로웠어.

4 글쓴이가 ㉡과 같이 생각하는 까닭으로 알맞지 <u>않은</u> 것은 무엇입니까? (   )

이해

① 도둑질을 하지 말라고 한 아버지의 말씀 때문에

② 수남이가 결국 많은 어른들의 횡포에 희생당했기 때문에

③ 자전거를 들고 도망친 수남에게 잘했다고 한 주인 영감의 잘못이기 때문에

④ 수남이의 억울한 상황을 도와주지 않고 도망치라고 한 구경꾼들의 잘못이기 때
    문에

⑤ 자전거가 돌발 상황에서 넘어졌는데 수남의 잘못인 양 돈을 요구한 신사의 잘
    못이기 때문에

141

요약하며 읽기

 '요약하며 읽기'란 글의 중심 내용을 간추려서 정리하는 것을 말해요. 요약하며 읽을 때에는 전체 글의 중심 내용을 정리하고, 문단별로 중심 내용과 세부 내용을 정리해요. 그리고 각 문단의 중심 내용을 한 문장으로 간추리고 글의 흐름에 맞게 묶어서 자연스럽게 정리해요.

설명하는 글을 요약할 때에는 각 문단의 중심 문장을 살펴보고, 각 문단의 중심 내용을 글의 구조에 맞게 묶어 요약하며 읽어요. 주장하는 글을 요약할 때에는 글쓴이의 주장을 파악하고, 주장에 대한 근거를 찾아 정리해요. 그리고 글쓴이의 주장과 근거를 글의 구조에 맞게 묶어 요약하며 읽어요.

(가) 토마토는 모양이 둥글고 윤기가 나는 과일이다. 크기는 주먹만 한 것부터 한입에 쏙 들어가는 것까지 다양하다. 색깔은 노랑, 초록, 주황, 빨강, 검정 등 다양하다. 맛은 토양에 따라 결정되는데 신맛과 단맛이 골고루 섞여 있다.

(나) 토마토에 함유된 라이코펜은 혈전 형성을 막아 뇌졸중, 심근경색 등을 예방하고, 노화 방지, 항암, 혈당 저하 등의 효과가 있다. 또한 루틴은 혈관을 튼튼하게 하고 혈압을 내리는 역할을 하는 등 토마토는 우리 건강에 이롭다.

1 다음은 (가)와 (나)의 중심 내용을 정리한 것이에요. 빈칸에 알맞은 말을 쓰세요.

(가)	토마토는 둥글고 윤기 나는 과일이다. 토마토는 크기와 색깔이 ( )하고, 맛은 ( )이/가 섞여 있다.
(나)	토마토에는 라이코펜과 루틴 성분이 함유되어 있어 우리 ( )에 이롭다.

2 다음은 이 글을 요약한 것의 일부예요. 이어서 요약한 글을 완성하여 쓰세요.

• 토마토는 둥글고 윤기 나는 과일로, 크기와 색깔이 다양하고, 맛은 시고 달다. 그리고

이번 주 나의 독해력은?	이번 주 학습을 모두 끝마쳤나요?	☺ ☺ ☹
	인물의 삶과 나의 삶을 관련지으며 글을 읽을 수 있나요?	☺ ☺ ☹
	자신의 생각과 다른 사람의 생각을 비교할 수 있나요?	☺ ☺ ☹

세 마리 토끼 잡는

초등 독해력

정답 및 풀이

쪽수를 잘 보고 정확한 정답과
자세한 풀이를 만나 보세요.

정답 및 풀이

★ (1) ③ (2) ① (3) ② **1.** (1) 정보, 설명문 (2) 재미, 시 (3) 교훈, 배울

★ 우주여행의 역사는 정보를 알려 주는 설명문, 감정을 풍부하게 하는 책은 재미나 감동을 주는 시나 이야기, 훌륭한 의사에 대한 이야기는 배울 점이나 깨달음을 주는 전기문을 읽는 것이 알맞습니다.

1. 글의 종류에 따라 읽는 목적이 다르고 읽는 방법이 다릅니다. 설명문은 정보를 얻기 위해, 이야기나 시는 재미나 감동을 얻기 위해, 전기문이나 훈화는 배울 점이나 교훈을 얻기 위해 읽습니다.

1. ① **2.** (3) ○ **3.** (1) ○

1. 아이스크림의 유래와 발전에 대해 설명하고 있으므로 정보를 얻기 위해 읽는 것이 알맞습니다.
2. 시는 재미나 감동을 얻기 위해 읽는 것이 알맞습니다. 따라서 재미있는 말이나 감동을 주는 부분을 생각하며 읽습니다.
3. 교훈을 얻기 위해 전기문을 읽은 친구를 찾습니다.

1. ③ **2.** ①, ③ **3.** ㉯ **4.** (3) ○

1. 이 글은 구체적인 예를 들어 착한 사마리아인의 법에 대해 설명한 글입니다.
2. 덴마크, 이탈리아, 노르웨이에서는 법률로 처벌하고, 핀란드와 터키는 벌금에 처합니다.
3. 우리나라에서는 착한 사마리아인의 법은 법이 아니라 도덕이라고 생각하여 법으로 강제하는 것을 꺼려 합니다.
4. 설명문은 알려 주는 정보를 정리하며 내용이 정확한지 찾아 가며 읽어야 합니다.

★ 배려, 책임감, 성실함 **1.** ㉯ **2.** (1) ○ **3.** (1) ○

★ 페인트공의 말과 행동에서 그가 추구하는 가치가 책임감, 성실함, 배려임을 알 수 있습니다.

1. 페인트공은 페인트칠뿐 아니라 구멍까지 고쳐서 아이들의 목숨을 구했습니다. 페인트공은 자신의 일에 최선을 다하는 것이 중요하다고 생각했습니다.

1. (1) 사나이 (2) 장님 **2.** ㉫ **3.** ③ **4.** ②

1. 사나이는 어두운 밤길을 혼자 걷는 것을 두려워하고, 장님은 그런 사람을 비추어 주기 위해 등불을 들고 걷고 있습니다.
2. 베토벤은 음악이 있는 곳은 어디든 자신의 집이라며 장소를 가리지 않고 음악에 몰두했습니다. 베토벤이 추구하는 가치는 음악을 사랑하는 삶입니다.
3. 유관순은 감옥에서도 대한 독립의 의지를 꺾지 않았습니다. 유관순이 추구하는 가치는 우리나라의 독립입니다.
4. 콜럼버스가 한 말 ㉠에서 새로운 일을 하려면 고정 관념을 깨야 한다는 삶의 가치를 파악할 수 있습니다.

1. (1) ○ **2.** ③ **3.** ⑤ **4.** (1) 예 열정 (2) 예 자연과 인류가 공존하게 하기 위해 포기하지 않고 노력했기 때문이다.

1. 레이첼은 살충제의 위험성을 연구하여 전 세계적으로 큰 영향을 끼쳤습니다.
2. 레이첼이 살던 시대에는 농가에서 불개미를 없애기 위해 살충제를 대량으로 살포하였습니다. 농작물에 직접 살충제를 뿌렸지만, 살충제의 위험성을 아직 깨닫지 못하던 시대였습니다.
3. 레이첼의 말 속에서 어떤 일을 이루기 위한 의지와 집념을 엿볼 수 있습니다.
4. 〈서술형〉 ❶ 레이첼의 말과 행동을 보고 열정, 정의, 사랑(인류애) 중에서 가치를 나타내는 말을 찾아봅니다. ⇨ ❷ 그렇게 생각한 까닭을 써 봅니다.

★ (1) ⑥ (2) ② (3) ③ (4) ① (5) ⑦ (6) ④ (7) ⑤ (8) ⑧
1. (1) ⑥ (2) ⑤ (3) ③ (4) ④ (5) ① (6) ②

★ ① 꿩 대신 닭: 꼭 적당한 것이 없을 때 그와 비슷한 것으로 대신하는 경우를 비유적으로 이르는 말. ④ 손바닥으로 하늘 가리기: 불리한 상황에 대하여 임기응변식으로 대처함을 이르는 말. ⑤ 까마귀 날자 배 떨어진다: 아무 관계없이 한 일이 공교롭게도 때가 같아 어떤 관계가 있는 것처럼 의심을 받게 됨을 비유적으로 이르는 말. ⑦ 구슬이 서 말이라도 꿰어야 보배: 아무리 훌륭하고 좋은 것이라도 다듬고 정리하여 쓸모 있게 만들어 놓아야 값어치가 있음을 비유적으로 이르는 말.
1. 각 상황에 알맞은 관용 표현을 찾아봅니다.

1. (3) ○ 2. (1) ② ○ (2) ② ○ 3. ⑤ 4. (1) ○

1. '귀를 기울이다'는 관용 표현으로 관심을 가지고 주의를 모은다는 뜻입니다.
2. 광고에서 한자가 좌우로 뒤집힌 것은 자식과 부모가 마주 보지 않고 등을 돌려 대립하는 것을 의미합니다.
3. '가랑비에 옷 젖는다'는 작다고 생각했던 것이 시간이 흐를수록 큰 힘을 발휘할 때 쓰는 관용 표현입니다. 건물이 시간이 흐르면서 낡게 되는 것을 빗대어 표현한 것입니다.
4. 마음을 맞추어 행동한다는 뜻의 말로 바꾸어 봅니다.

1. ①, ④ 2. (3) ○ 3. 예 내 나라에 끝까지 살겠다.
4. (1) ○

1. 글쓴이는 우리나라가 자주적으로 독립하고, 문화의 힘이 강해지는 나라가 되기를 소원했습니다.
2. '문지기'의 원래 뜻은 '문을 지키는 사람'을 뜻하지만 이 글에 쓰인 '문지기'는 '가장 낮은 자리'를 뜻합니다.
3. 내 나라의 넋이 된다는 뜻은 죽어서라도 내 나라를 지키겠다는 뜻입니다.
4. 김구 선생님은 사랑과 평화의 문화로 우리나라와 세계가 잘살기를 바라고 있습니다.

★ (1) 예 탁자의 다리, 마주 보는 두 사람 (2) 예 머리 묶은 아가씨, 눈 감은 할아버지
1. (1) ○ 2. (1) ② (2) ① 3. 관점

★ 두 그림은 관점에 따라 다른 모습으로 보입니다.
1. 같은 그림을 보고도 '나'의 관점과 어른들의 관점에 따라 보이는 것이 달랐습니다.

1. (3) ○ 2. ⑤ 3. ⑤

1. 피부색이 다르다는 이유로 외국인을 차별하는 우리 사회의 문제점을 지적하며 피부색으로 외국인을 차별하지 말자는 주제를 전하고 있습니다.
2. 글쓴이는 모든 인간이 평등하게 사는 꿈을 꾸자고 주장하고 있습니다.
3. 글쓴이는 폭우 속에서 남자가 꽃을 살리기 위해 애쓰는 모습을 보고 자연재해로부터 자연과 생명을 보호해야 한다고 생각했습니다.

1. ① 2. (2) ○ 3. ① 4. (3) ○

1. 백인들은 '우리(인디언)'에게 땅을 사고 싶다는 전갈을 보내왔습니다.
2. 이 글은 땅을 팔라는 백인들의 제안에 대한 답장으로 쓴 글입니다.
3. 글쓴이는 자연과 인간은 하나라고 생각하고 있습니다. 만약 땅을 팔지 않으면 백인들이 총을 들고 와서 땅을 빼앗을 것이므로 어쩔 수 없이 땅을 팔아야 하는 상황입니다. 글쓴이는 백인들이 자연의 소중함을 모르니 가르쳐야 한다고 했습니다.
4. 글쓴이는 땅을 사고팔 수 있는 소유물이 아니라 영혼이 깃든 곳이라고 생각하고 있습니다.

1주 36~37쪽　개념 톡톡

★ (1) ② ○ (2) ① ○　1. (2) 동물 실험의 대상이 된 동물이 많고, 고통이 심하다는 조사 결과가 있다.　2. (1) 흥부는 아이가 있어서 행복했다.

★ 기사문과 광고의 글과 그림에 나타난 글쓴이의 주장을 찾아봅니다.
1. 기사문에서 글쓴이는 동물 실험이 많이 행해지고, 그 대상이 되는 동물들의 상당수가 고통받고 있다는 근거를 들어 동물 실험을 하지 말자는 주장을 하고 있습니다.
2. 광고문에서 글쓴이는 흥부가 행복한 원인이 금은보화가 아니라 아이들이라는 근거를 들어 '아이를 낳자.'는 주장을 펼치고 있습니다.

1주 38~39쪽　독해력 활짝

1. ④　2. (1) ○　3. (1) ○

1. 시험보다 개인의 행복이 더 중요하다는 것이 글쓴이의 주장입니다.
2. 글쓴이는 케이 팝(K-POP)의 인기로 인한 경제적, 문화적 효과가 크기 때문에 기업이나 국가 기관에서 책임 의식을 가져야 한다고 주장하고 있습니다.
3. 글쓴이는 오리-토끼 매직 카드를 예로 사물을 자르는 칼자루가 내 눈과 마음속에 있다고 했습니다.

1주 40~41쪽　독해력 쑥쑥

1. (1) 안락사 (2) 존엄사　2. ②　3. (1) ○
4. 예 의학적으로 무의미하다고 해서 살아 있는 인간의 생명을 빼앗는 것은 또 하나의 살인이 된다. / 의학적으로 무의미하더라도 인간에게 다른 인간의 생명을 빼앗을 권리는 없기 때문이다.

2. 이 글에서 글쓴이는 안락사는 허용하면 안 되지만 존엄사는 허용해야 한다고 주장했습니다.
3. 글쓴이는 존엄사 허용에 찬성하는 근거를 세 가지 들었습니다.
4. 〈서술형〉 ❶ 존엄사에 반대한다는 주장에 알맞은 까닭을 떠올립니다. ⇨ ❷ 그렇게 생각한 까닭을 한 문장으로 써 봅니다.

2주 46~47쪽　개념 톡톡

★ (1) ○ (4) ○　1. ②　2. (1) ⓐ (2) ⓓ

★ 반어와 역설 표현의 의미를 생각하며 시를 읽어 봅니다. 어제도 가고 오늘도 가는 길은 날마다 같은 익숙한 길이지만 반어의 표현 방법으로 '새로운 길'이라고 표현했습니다.
1. '사소한 일'은 속뜻인 '특별한 일'을 반어법으로 표현한 것입니다.
2. (1) 임은 갔지만 마음속으로는 임을 잊지 못하기 때문에 임을 보내지 않았다고 역설법으로 표현했습니다.
(2) '강철로 된 무지개'라는 표현이 맞지 않는 것 같지만 겨울이 지나면 곧 봄이 다가올 것이라는 희망을 역설법으로 표현한 것입니다.

2주 48~49쪽　독해력 활짝

1. (3) ○　2. ⓜ　3. ⓜ　4. (3) ○

1. 4연에서 말하는 이의 태도가 달라졌음을 알 수 있습니다.
2. ⓜ의 속뜻은 임과 이별하는 슬픔에 눈물을 흘릴 것이라는 마음을 절대로 울지 않겠다고 반대로 표현한 것입니다.
3~4. ⓜ은 모란이 다시 필 것이라는 희망(찬란한)과 모란이 진 슬픔이 함께 담겨 있는 표현입니다. 두 낱말은 어울리지 않지만 깊이 들여다보면 진실을 담고 있습니다.

2주 50~51쪽　독해력 쑥쑥

1. ③　2. ③　3. ②　4. (3) ○

1. ㈎에는 역설법이, ㈏에는 반어법이 쓰였습니다.
2. ㈏는 깃발의 의미를 다른 대상에 빗대어 표현하면서 이상 세계에 도달하고 싶은 마음을 역설법으로 표현하였습니다.
3. ㉠은 깃발이 펄럭이는 모습을 '소리 없는 아우성'이라고 표현하였습니다.
4. ㉡은 겉으로는 임을 잊었노라 말하겠지만 속으로는 잊지 못할 것이라는 것을 반어법으로 표현한 것입니다.

★ 용주 1. (1) 안타깝다 2. (2) ◯ 3. ㉮

★ 홍시를 글감으로 쓴 시조를 읽고 마지막 연에 담긴 글쓴이의 생각을 파악합니다.
1. ㉮는 홍시를 오빠에게 주고 싶은 마음을 표현한 시이고, ㉯는 홍시에 대해서 설명한 설명문입니다.
2. ㉯는 홍시에 대한 설명하는 글로, 홍시는 귀한 손님에게 대접하는 음식이며, 새들에게 주려고 몇 개 남겨 놓는 인정이 담긴 음식이라고 했습니다.
3. ㉮는 홍시에 대한 글쓴이의 느낌을 표현하기 위해 쓴 글이고, ㉯는 홍시에 대한 정보를 전달하기 위해 쓴 글입니다.

1. (1) 까마귀 (2) 백로 2. ④ 3. (2) ◯

1. 시조에서 까마귀는 겉모습은 검지만 속이 흰 짐승, 백로는 겉모습은 희지만 속이 검은 짐승으로 표현되어 있습니다.
2. 아픈 어머니를 자주 뵙지 못해 애달프고, 죄송하고, 안타깝고, 가슴 아픈 글쓴이의 마음이 담겨 있습니다.
3. 신사는 곧 죽을 것을 예측하지 못하고 좋은 장화를 주문했지만 갑자기 죽게 되어 장화가 소용없어졌습니다. 이를 통해 글쓴이는 미래를 알 수 없으니 후회 없는 삶을 살라는 주제를 전하고 있습니다.

1. ① 2. ④ 3. (2) ◯ (4) ◯ 4. (2) ◯

1. 김구 선생님은 감옥에서도 일본 순사에게 복종하지 않았습니다.
2. 김구 선생님은 '죽는 날까지 일본인의 법률을 한 끄트머리라도 파괴할 수만 있다면 계속 그렇게 할 것'이라고 하였습니다.
3. 김구 선생님은 일본의 호적에 속한 사람이 아니라는 뜻과 모든 사람이 애국심을 가지게 하자는 소망을 나타내려고 자신의 호와 이름을 바꾸었습니다.
4. 김구 선생님은 후손들에게 일제에 맞서 싸운 독립 투사들의 모습을 남기려는 의도로 이 글을 썼습니다.

★ (1) ①, ⑤, ⑥ (2) ②, ③, ④ 1. (3) 쓰레기를 종류별로 나누어서 버리자. 2. (1) 예 ㉠ (2) 예 ㉠ (3) 예 ㉠ ㉡ 3. (1) ㉢ (2) 예 쓰레기를 한데 모아 버리면 보기에 좋지 않다는 것은 개인적인 생각이므로 주장을 뒷받침하지 못한다.

★ 글에서 글쓴이가 내세우는 생각을 주장이라고 하고, 주장할 때에는 이를 뒷받침하는 내용인 근거를 제시해야 합니다.
2. '쓰레기를 종류별로 나누어서 버리자'는 주장에 대한 근거가 주장과 관련이 있는지, 주장을 뒷받침하는지를 정리해 봅니다.

1. ④ 2. (2) ◯ 3. (3) ◯

1. 학생들 스스로 하는 평가는 공정하기 어렵다는 근거는 자유 학기제의 장점과 관련이 없는 근거이므로 주장을 뒷받침하지 못합니다.
2. 이 글에는 명품을 사는 사람이 그렇지 않은 사람보다 많다는 근거 자료가 나타나 있지 않으므로 확인할 수 없습니다.
3. (1) 청소년의 자유를 침해한다는 근거는 주장을 뒷받침하고 있습니다. (2) 셧다운제가 게임 산업을 위축시킨다는 근거는 주장과 관련이 있습니다.

1. 예 전쟁, 재난, 박해 같은 위험한 상황을 피해 살던 나라를 떠난 사람 2. ④ 3. ②, ③, ⑤ 4. 예 난민도 인간으로서 존엄성을 인정받아야 하는 존재라는 근거는 주장과 관련이 있는 근거이므로 타당하다.

2. 이 글은 난민 문제에 대한 국제 사회의 노력을 바라고 있습니다.
4. 〈서술형〉 ❶ 글쓴이의 주장에 대한 근거를 정리하여 근거의 적절성을 판단할 근거 한 가지를 정합니다. ⇨ ❷ 주장에 대한 근거의 적절성을 판단하는 기준으로 근거의 적절성을 판단해 봅니다.

2주 64~65쪽 개념 톡톡

★ (3) ○ 1. (2) ○ 2. (1) 동영상 (2) 예 갓길 운전을
하지 말자.(양심을 지키자.)

★ 가족 여행을 어디로 가면 좋을지를 결정하는 데 자신
의 주장을 뒷받침하기 위해서 필요한 자료를 찾아봅
니다.
1. 이 글은 휴가철 공공질서를 지키자는 주장이 잘 드러
난 신문의 사설입니다.
2. 제시된 동영상 자료는 '갓길 운전을 하지 말자.(양심을
지키자.)'라는 내용을 담고 있습니다.

2주 66~67쪽 독해력 활짝

1. (2) ○ 2. (1) 통계청 (2) 예 13세~24세 청소년들은
친구에게 가장 많이 고민을 털어놓는다. 3. (3) ○

1. 스승의 날 행사를 하지 않거나 휴업 또는 오전 단축
수업을 하는 실태를 담은 설문 조사 자료를 제시하면
근거를 뒷받침할 수 있습니다.
2. 출처는 글에 나타난 설문 조사를 실시한 기관을 살펴
보아야 합니다.
3. 이 설문 조사 자료가 알려 주는 내용은 여가 생활 만
족도가 해가 갈수록 점점 줄어든다는 사실이므로 근
거와 관련이 있습니다.

2주 68~69쪽 독해력 쑥쑥

1. (3) ○ 2. 양성평등 3. ④ 4. (3) ○

1. 글쓴이는 맨 마지막 문단에서 주장을 제시하고 있습
니다.
2. ㉠은 성차별 속담으로, 이와 반대되는 뜻을 가진 낱말
은 '양성평등'입니다.
3. '전통적인 남녀 역할을 나타내는 장면'은 중년층, 고령
층이 좋아하는 내용입니다.
4. 주어진 설문 조사 자료는 청소년들의 양성평등 의식
이 높고, 매년 높아지고 있다는 근거를 뒷받침하기에
적절한 자료입니다.

2주 70~71쪽 개념 톡톡

★ (1) ○ 1. (1) 제목 (2) 표현 (3) 의도 2. 예 스마트폰
과의존이 심각하므로 청소년에 대한 대책이 필요하다.

★ 뉴스에서는 스마트폰과 관련된 문제를 보도하고 있습
니다. 뉴스에 사용된 광고에서는 스마트폰 사용 시간
을 줄이자는 글쓴이의 생각이 잘 드러나 있습니다.
2. 글쓴이의 생각은 제목이나 표현에 나타나 있습니다.

2주 72~73쪽 독해력 활짝

1. (2) ○ 2. ⑤ 3. (3) ○

1. 글쓴이는 제목에서 어린이 화장의 유해성을 강조하여
어린이가 화장을 지나치게 많이 하면 안 된다는 주장
을 내세우고 있습니다.
2. 글쓴이는 자료를 제시하며 인구 감소 상황에 대해 설
명하였습니다. 그리고 인구 감소에 대한 대책 마련과
인구를 늘리기 위해 각 분야의 노력이 필요하다고 주
장하였습니다.
3. 글쓴이는 마카롱의 성분 정보를 정확히 파악하고 주
의하여 선택해야 한다고 했습니다.

2주 74~75쪽 독해력 쑥쑥

1. (1) (나) (2) (가) 2. ①, ②, ⑤ 3. ④, ⑤ 4. (2) ○

1. (가)의 글쓴이는 노 키즈 존이 상점 주인의 선택에 달
린 것이라고 하여 노 키즈 존이 필요하다고 생각하고
있습니다. (나)는 노 키즈 존의 도입에 앞서 공공장소에
서의 예절 교육이 먼저 필요하다는 것은 노 키즈 존이
필요하지 않다는 생각을 나타냅니다.
2. '불편, 고통, 상점 주인의 선택' 등의 표현에서 노 키즈
존이 필요하다는 생각을 짐작할 수 있습니다.
3. (나)에서 글쓴이의 주장은 노 키즈 존은 필요하지 않다
는 것입니다. 그 근거로 노 키즈 존은 어린이와 어린
이를 동반한 부모의 인권을 침해할 우려가 있고, 소수
의 어린이 때문에 많은 어린이와 부모들이 피해를 보
는 것은 부당하다는 근거를 들었습니다.
4. (가)의 글쓴이는 노 키즈 존 도입이 필요하다는 것을 알
리려고 이 글을 썼습니다. 설문 조사 자료는 (가)에서만
쓰였습니다.

★ (1) 영상 (2) 사진 (3) 음악 (4) 표
1. (1) ④, ㉮ (2) ③, ㉯ (3) ②, ㉰ (4) ①, ㉱

★ 친구들의 말에서 매체의 특징을 찾아 어떤 매체에 대한 설명인지 파악합니다. 그리고 알맞은 매체의 이름을 빙고판에 색칠합니다.
1. 영상, 음악, 사진, 표 자료의 특징과 관련 있는 것끼리 선으로 이어 봅니다.

1. ①, ②, ④ 2. ㉯ 3. (2) ○ 4. ④

1. 게임 속 모습과 실제의 모습을 사진으로 제시하여 게임 중독에 대한 관심을 유발하고, 내용을 쉽게 전달하고 있습니다. 또, 현실과 게임을 구분하자는 주제를 실감나게 표현하였습니다. ③ 이 광고는 보는 사람에게 게임 중독을 경고하고 있습니다. ⑤ 정확한 게임 이용 실태에 관한 자료는 나타나 있지 않습니다.
2. 제시된 글은 사물놀이에 쓰이는 네 가지 악기 꽹과리, 징, 장구, 북의 소리에 대해 설명하고 있습니다. 사물놀이의 역동적인 모습과 소리를 한번에 느낄 수 있는 자료는 영상 자료입니다.
3. ㉮는 반려동물을 장난감처럼 여기고 가족으로 여기지 않는 것을 비판하고 있습니다.
4. ㉯는 유기 동물 대부분이 불행하게 처리되는 현황을 보여 주므로 반려동물을 평생 책임지고 키우자는 주제를 나타낼 때 활용할 수 있습니다.

1. ② 2. 창덕궁 3. ② 4. ㉮

1. 경희궁은 일제 강점기에 일본이 경희궁을 철거하고 일본인들의 학교로 사용하면서 궁궐의 자취를 잃었다고 하였습니다.
2. 제시된 글은 창덕궁에 대한 설명입니다.
3. 이 글은 조선 5대 궁궐인 경복궁, 창덕궁, 창경궁, 덕수궁, 경희궁의 특징과 역사를 설명하고 있습니다.
4. 근정전, 강녕전, 교태전 등 경복궁의 주요 건물이 일직선을 이루는 모습을 그대로 보여 주는 자료는 사진입니다.

★ (1)→(3)→(4)→(7)→(9) 1. (1) 비유적 표현 (2) 사진 (3) 반복 (4) 색깔

★ 출발부터 도착까지 각 문장에서 설명하는 내용을 파악합니다. 그중 광고 표현의 적절성을 파악할 수 있는 방법을 골라 길을 찾습니다.
1. 광고에서는 주제를 효과적으로 전달하기 위해 비유적 표현, 그림, 사진, 소리 등을 사용하고, 반복 표현을 통해 오래 기억되도록 합니다. 또한 글씨체나 글자 크기, 글자 색을 다르게 하여 내용을 강조합니다.

1. (2) ○ 2. ⑤ 3. ㉝ 라면을 바꾼다고 인생이 바뀌지 않기 때문에 과장된 표현이다.

1. 광고에서 사용한 마이크 사진과 큰 글씨로 강조한 문구에서 '악성 댓글을 달지 말자'는 광고의 주제를 파악할 수 있습니다.
2. '사골 국물 100%' 글자를 진하고 크게 하여 라면 국물의 성분을 강조하고 있습니다.
3. 〈서술형〉 ❶ ㉠의 표현에서 과장하거나 감추는 내용을 생각해 봅니다. ⇨ ❷ 과장하거나 감추는 까닭을 생각하여 씁니다.

1. ③ 2. 전문, 모든 3. ⑤ 4. (2) ○

1. 병원에 시정 명령을 한 것은 광고에 문제가 있어 허위 광고를 한 병원이 제재를 받았다는 의미입니다.
2. 이 글에서 의료법상 보건 복지부가 지정한 전문 병원이 아닌 의료 기관은 '전문'이라는 명칭을 사용할 수 없다고 하였습니다. 또, 안경을 통해 시력 교정을 하는 어린이도 있어 시력 전문 병원에 다녔다고 모든 어린이가 안경을 벗는 것은 아닙니다.
3. 해당 분야 전문가의 인터뷰는 어떤 사실에 대해 객관적이고 전문적인 정보를 줄 수 있기 때문에 신뢰할 수 있습니다.
4. ㉯에서 'NO! 수술! 안경! 렌즈!'는 검증되지 않은 사실이므로 과장된 표현입니다.

3주 90~91쪽 개념 톡톡

> ★ ⑷ ○　1. ①　2. 인터뷰, 조사 자료

★ ○○뉴스 ○○○ 기자라고 출처를 밝히고 있습니다.
1. 리코더의 세균은 흐르는 물에 세척하면 98퍼센트, 세제를 솔과 같이 사용하면 100퍼센트 제거할 수 있다고 하였습니다.
2. 한국 소비자원의 조사 결과와 한국 소비자원 제품안전팀 중 한 사람을 인터뷰하여 리코더의 세균 예방 방법에 대한 보도 내용을 뒷받침하고 있습니다.

3주 92~93쪽 독해력 활짝

> 1. ⑴ ○　2. ㉢　3. ⑵ ○

1. 이 뉴스는 가족과 함께하는 생활 시간량이 줄어들고 있다는 사실을 알려 우리 사회의 변화 모습을 보여 주는 중요하고 가치 있는 뉴스입니다.
2. ㉢은 나눔 교육으로 기부가 늘고 있다는 내용으로, 초등학생 10명 중 7명은 주변에 어려운 이웃이 거의 없다고 생각한다는 관점을 뒷받침하지 못합니다.
3. 이 뉴스는 돌봄 로봇 '마이봄'의 다양한 기능으로 경증 치매 환자와 대화할 수 있고, 인지 능력을 향상시킬 수 있다는 장점을 밝히고 있습니다. 이를 통해 이 뉴스가 우리나라가 치매 돌봄 로봇을 세계 최초로 개발한 것에 대해 긍정적인 관점임을 알 수 있습니다.

3주 94~95쪽 독해력 쑥쑥

> 1. ①　2. ②　3. ⑶ ○　4. ③

1. 진행자의 도입 부분과 기자의 마무리 부분을 통해 이 뉴스의 보도 내용의 핵심이 '미세 먼지 대비 요령을 바로 알고 실천해야 한다.'는 것임을 알 수 있습니다.
2. 뉴스에서 진행자는 기자가 전하려고 하는 보도 내용을 요약하여 전달하는 역할을 합니다.
3. 국가 미세 먼지 대비 문제의 전문가인 환경부 담당자는 정부 관계자입니다. 따라서 정부 관계자의 인터뷰는 뉴스의 신뢰성을 높이는 역할을 합니다.
4. 이 뉴스는 미세 먼지 대비 요령에 관한 것으로 사회적으로 중요하고 관심이 있는 주제를 다루고 있습니다.

3주 96~97쪽 개념 톡톡

> ★ ⑶ ○　1. ③　2. 예 책이 더러워져서 읽는 사람에게 불쾌감을 줍니다.

★ 도서관 청소는 도서관 예절과는 관련이 없습니다.
1. 글쓴이는 도서관 예절을 자세히 들어 도서관 예절을 잘 지키자고 말하고 있습니다.
2. ㉠의 앞 내용으로 볼 때 '책이 아프고'를 '책이 더러워져서' 등으로 까닭이 나타나도록 고쳐 써야 합니다.

3주 98~99쪽 독해력 활짝

> 1. ⑴ ○　2. ㈐, ㈑, ㈒　3. 하지만 만화책을 많이 읽으면 이것도 스트레스가 됩니다.　4. ⑴ 예 자연스러운 일이기 때문이다. ⑵ 중학생

1. ㈐에 나타나 있듯이 글쓴이의 주장은 '화석 연료의 사용을 줄이고 새로운 에너지를 개발하자.'는 것입니다.
3. ㉠의 중심 문장과 만화책을 많이 보면 스트레스가 된다는 내용은 서로 반대되므로 ㉠에서 마지막 문장을 삭제해야 합니다.
4. ⑴ '왜냐하면'은 '~때문이다'와 호응을 이룹니다. ⑵ 줄임 말이므로 뜻이 잘 통하도록 고쳐 씁니다.

3주 100~101쪽 독해력 쑥쑥

> 1. ⑤　2. ㈎, ㈑　3. ㈃　4. ⑶ ○　5. 예 사교육 문제 역시 해결의 실마리를 찾을 수 있습니다.

1. 글쓴이는 ㈐에서 사교육 문제를 해결하기 위해서는 학부모와 학생들이 모두 만족할 수 있도록 학교 교육의 질을 높여야 한다고 주장하고 있습니다.
2. ㈐에서 부모의 소득이 교육 기회의 불평등을 심화한다고 하였으므로, ㈑는 알맞지 않습니다. ㈒는 이 글에 나타나 있지 않습니다.
3. ㈑는 사교육이 자신의 학년보다 높은 선행 학습을 강요한다는 내용이므로, ㈑와 관련이 없는 내용은 ㈃입니다.
4. 글의 흐름상 사교육의 문제점을 제시하고 사교육의 해결 방안을 내는 것이 자연스러우므로 문단의 순서를 바꿀 필요가 없습니다.
5. 이 글은 논설문이므로 글쓴이의 의견을 단정적으로 표현해야 합니다.

★ (1) ③, ㉮ (2) ①, ㉯ (3) ②, ㉰ 1. (1) 여정 (2) 견문 (3) 감상 2. (1) 감상 (2) 사실 (3) 특성

★ (1)은 소미에게 보내는 편지 형식의 기행문으로, 제주도 여행의 일정이 나타나 있습니다. (2)는 생활문 형식의 기행문으로, 아버지께 들어서 안 사실인 견문이 나타나 있습니다. (3)은 일기 형식의 기행문으로, 전주한옥 마을에 다녀온 감상이 나타나 있습니다.

2. 기행문에는 견문이 사실대로 나타나 있으며, 감상이 잘 드러나 있습니다. 또한 여행한 곳의 특성이 잘 드러납니다.

1. 항공기 조종실, 고성능차 디자인센터 2. ㉠, ㉢
3. ① 4. 감상

1. 글쓴이는 한국 잡 월드에 도착하여 '수술실→항공기 조종실→고성능차 디자인센터' 순으로 체험하였습니다.

2. 글쓴이는 잡 월드 광장에서 타원형으로 생긴 한국 잡월드 건물을 보았고, 선생님께 5층에 게임 개발 회사가 있다는 말씀을 들었습니다.

3. 글쓴이는 여행지에서 들은 이야기를 중심으로 기행문을 썼습니다.

4. ㉠과 ㉢에는 문경새재에 대한 글쓴이의 생각과 느낌이 나타나 있습니다.

1. (1) ㉡, ㉢ (2) ㉠ 2. ①, ④ 3. ⑤ 4. 여정 5. ②

1. ㉡은 본 것, ㉢은 들은 것으로 견문에 해당하고, ㉠은 글쓴이의 느낌으로 감상에 해당합니다.

2. 이 글은 바닷가에서 숙소로 이동하며 본 것, 들은 것, 느낀 것 등을 쓴 기행문입니다. 갯펄 위의 배들, 선착장에서의 노을, 낚시하는 사람들 등 바닷가의 특색이 나타나 있습니다.

3. 이 곳의 노을이 서해안에서 가장 볼 만하다고 한 노인의 말에 실제 노을을 보고 그 광경을 '꽃밭'라고 표현하였습니다. 따라서 '꽃밭'은 아름다움을 뜻합니다.

5. 포구를 다녀온 뒤 마음의 변화가 담긴 표현입니다.

★ (1) ③, ㉯ (2) ①, ㉰ (3) ④, ㉮ (4) ②, ㉮
1. (1) 생명 존중 (2) 효도하는 (3) 창의성 (4) 열정

★ 쓰러진 꽃에 도움을 주는 일은 생명 존중, 아버지께 카네이션을 달아드리는 일은 효도, 날아다니는 자동차를 생각하는 것은 창의성, 넘어져도 목표한 일을 해내려고 다시 도전하는 것은 열정에 해당합니다.

1. ①, ⑤ 2. 예 소리에 대한 열정으로 끊임없이 연습하고 노력하는 삶을 추구한다. 3. (3) ○

1. 슈바이처가 의사가 되기 위해 인내하고 노력한 모습에서 열정의 가치를, 아프리카에 가서 아픈 원주민들을 돌본 모습에서 봉사의 가치를 추구하는 삶이 나타나 있습니다.

2. 〈서술형〉 ❶ 박동진의 말과 행동에서 삶의 자세를 파악합니다. ⇨ ❷ 박동진이 추구하는 삶을 문장으로 정리하여 씁니다.

3. 장보고는 애국심과 백성에 대한 사랑을 바탕으로 열정을 다하는 삶을 추구하고 있습니다. 이와 관련지어 자신의 경험을 말한 것은 (3)입니다.

1. ⑤ 2. ④ 3. ㉯ 4. 예 이이가 앞으로 닥칠 위기에 대비하는 삶을 추구한 것처럼 나는 학기말에 있을 줄넘기 인증 시험을 대비하여 매일 30분씩 줄넘기를 하였다.

1. ㉮에서 이이는 태평성대라도 군대를 양성하여 왜적의 침입에 대비해야 한다고 하였습니다. ㉯에서 이순신은 거북선을 만들어 왜적과의 싸움에서 큰 승리를 거두었습니다. 이를 통해 두 인물 모두 나라를 걱정하고 충성하는 삶을 추구하고 있음을 알 수 있습니다.

2. ㉠에는 이이의 위기에 대비하는 준비성이 나타나 있습니다.

3. ㉡에는 나라와 병사들의 사기를 위해 죽음도 알리지 않는 삶이 나타나 있습니다.

4. 〈서술형〉 ❶ 이이의 말과 행동에서 추구하는 삶을 파악합니다. ⇨ ❷ 이이가 추구하는 삶과 관련된 자신의 경험을 떠올려 한 문장으로 씁니다.

4주 118~119쪽 개념 톡톡

★ (1) ② ○ (2) ① ○ 1. (1) 희생 (2) 우애 2. (1) 예 나는 나를 위해서만 사는데 행복한 왕자의 희생하는 삶을 배우고 싶어! (2) 예 동생보다 치킨 한 조각을 더 먹겠다고 싸웠던 내가 부끄러워. 이제 이야기 속 형제처럼 양보하고 사이좋게 지내야겠어.

★ (1)에는 가난한 이웃을 위해 희생하는 삶이, (2)에는 형제 간에 우애 있는 삶이 나타나 있습니다.

4주 120~121쪽 독해력 활짝

1. ④ 2. ③ 3. (3) ○

1. 이 글에서 '나'는 표류한 섬에서 탈출하기 위해 배를 만들어 끊임없이 도전하고 있습니다.
2. 어린 왕자는 자신이 위대한 왕자라고 생각했는데, 특별할 것 없는 평범한 장미꽃 한 송이와 무릎 높이의 화산 세 개만을 가지고 있어서 위대한 왕자가 될 수 없다는 것을 깨닫고 슬퍼서 울었습니다.
3. ㉠에는 어린 왕자가 장미꽃을 배려하는 마음이 나타나 있습니다.

4주 122~123쪽 독해력 쑥쑥

1. ⑤ 2. ②, ⑤ 3. ㉰ 4. 예 나도 너처럼 내가 하고 싶지 않은 공부를 하려고 학원에 다닌 적이 있는데, 이제부터는 내가 진짜 하고 싶은 공부가 무엇인지 찾아보려고 해.

1. 깽깽이가 날면서 '진짜 훌륭하고 아름다운 모습은 자기 모습 그대로 사는 거야.'라고 한 말에서 옷을 벗어 던진 까닭을 알 수 있습니다.
2. 입고 있던 거추장스런 옷을 벗어 던지며 당당하게 말하는 모습에서 용기 있고, 자기 표현을 잘하는 성격이 드러납니다.
3. '자기 모습 그대로 사는 것'이란 꾸미지 않은 진실된 모습을 의미합니다.
4. 〈서술형〉 ❶ 깽깽이의 삶과 자신의 삶에서 공통점을 찾습니다. ⇨ ❷ ❶의 내용을 바탕으로 깽깽이에게 하고 싶은 말을 씁니다.

4주 124~125쪽 개념 톡톡

★ (1) 자기 자신 (2) ② ○ (3) 선하다 1. ⑤ 2. (3) ○

★ 글과 그림을 살펴보고 예상 독자와 글쓴이가 글을 쓴 의도나 목적을 짐작해 봅니다.
1. 글쓴이는 유대인을 탄압하는 독일군의 실상과 안네의 속마음을 표현하고자 했습니다.

4주 126~127쪽 독해력 활짝

1. (3) ○ 2. ㉡ 3. (1) ○ 4. 예 나도 글쓴이의 생각처럼 비밀이 있으면 좋지 않은 결과가 난다고 생각한다. 친구에게 비밀로 하려던 것이 탄로가 나서 절교를 한 적이 있기 때문이다.

1. 글쓴이가 나가겠다고 한 까닭은 '동궁이 이미 ~두렵고 조심스러워서'에 나와 있습니다.
2. 고흐는 시련 속에서도 희망을 잃지 않고 있습니다.
3. '나'는 지금이라도 당장 결혼을 하고 싶으므로, 결혼을 하기 적당한 나이를 묻는 질문은 알맞지 않습니다.
4. 비밀로 인해서 좋았던 경험이나 낭패를 본 자신의 경험을 글쓴이의 생각과 비교하며 씁니다.

4주 128~129쪽 독해력 쑥쑥

1. ①, ④, ⑤ 2. ③ 3. ⑤ 4. 예 나도 글쓴이처럼 가까운 사람의 슬픔을 공감하고 이해한 적이 있어. 친한 친구가 기르던 강아지가 죽었을 때 친구를 위로하며 슬픔을 함께 나누었어.

1. 『계축일기』는 궁중에서 벌어지는 권력 다툼의 모습을 사실적으로 그린 작품입니다.
2. ㉠에서 글쓴이는 인목 대비의 말과 행동에 공감하고 있습니다.
3. 글쓴이는 영창 대군을 궁궐 밖으로 내보내지 않으려는 인목 대비의 모습을 안타깝게 지켜보고 있습니다.
4. 〈서술형〉 ❶ 글쓴이가 인목 대비를 어떻게 생각하는지 살펴봅니다. ⇨ ❷ 글쓴이의 생각에 대해 공통점이나 차이점을 떠올려 자신의 생각을 씁니다.

★ (1) ① ○ (2) ② ○ 1. (3) ○ 2. (1) 외면 (2) 약 심부름 3. ②, ③

★ 그림 속 상황을 살펴보고 주장에 알맞은 근거를 찾습니다.
1. 사회자가 한 말에서 토론의 주제를 알 수 있습니다.
2. 찬성편의 첫 번째 말과 반대편의 첫 번째 말에 각 주장과 근거가 나타나 있습니다.
3. 찬성편에서는 치매 할머니를 방치하여 돌아가셨다는 신문 기사를, 반대편에서는 자신의 경험을 근거로 들어 각 주장을 뒷받침하고 있습니다.

4주 132~133쪽 독해력 활짝

1. 예 별명을 불러도 되는가? 2. (3) ○ 3. (2) ○

1. 찬성편과 반대편의 주장에서 미루어 '별명을 불러도 되는가?'의 토론 주제를 짐작할 수 있습니다.
2. 반대편에서는 실내화를 신고 운동장에 나가지 않도록 하는 방법이 벌금일 필요는 없다는 근거를 제시했으므로, 벌금 이외의 방법을 제시한 (3)이 적절합니다.
3. 반대편 둘째 근거에 대한 반론으로는 1인 방송 제작 시 전자 기기 사용 시간을 정해 놓고 사용한다는 등이 알맞습니다.

4주 134~135쪽 독해력 쑥쑥

1. ①, ③ 2. ④ 3. ⑩ 4. 예 교복을 입으면 교칙을 잘 지켜 원만한 학교 생활을 한다는 것은 고정 관념입니다. 교복을 입더라도 치마 길이, 바지통을 줄여 입거나 디자인을 수선해서 입는 등 규칙을 어기는 경우가 많기 때문입니다.

1. 이 글은 토론 기록문으로 사회자, 찬성편 토론자, 반대편 토론자가 있습니다.
2. ㉣는 찬성편에서 내세운 근거입니다.
3. 제시된 자료는 교복이 실용성과 편안함을 강조하는 디자인으로 변화되고 있다는 것이므로 ⑩을 뒷받침하는 자료로 활용할 수 있습니다.
4. 〈서술형〉 ❶ 찬성편의 근거 중 하나를 선택합니다. ⇨ ❷ 선택한 찬성편 근거를 반박할 수 있는 내용을 생각해서 씁니다.

4주 136~137쪽 개념 톡톡

★ (1) ③ (2) ① (3) ② 1. (1) ② ○ (2) ② ○ (3) ② ○ 2. ④

★ 책 내용에 연결된 사다리를 타고 내려가 알맞은 책 제목을 찾습니다.
1. 움직이지 못하는 상황에서 당황한 경험, 다른 사람의 말을 듣지 않아 낭패를 본 경험, 친구를 기다리면서 즐거웠던 경험 등을 생각해 봅니다.
2. 독서 감상문을 읽을 때에는 이야기를 읽은 동기와 인상적인 부분, 글쓴이의 느낌이 잘 표현된 문장이나 낱말은 무엇인지 살펴보며 읽습니다.

4주 138~139쪽 독해력 활짝

1. (3) ○ 2. ④ 3. (3) ○ 4. ㉣, ㉤

1. 두 번째 문단에 가장 마음 아팠던 장면이 나타나 있는데, 이것이 가장 인상적인 장면입니다.
2. 글을 쓴 동기가 첫 문단에 나와 있습니다. 글쓴이는 『소나기』 책이 학급 문고에 꽂혀 있어서 읽어야겠다고 생각했는데 마침 독후감 숙제가 있어서 읽게 되었다고 하였습니다.
3. ㉠에서는 샬롯이 친구 윌버가 특별상을 탄 것을 진심으로 축하해 주었다고 하였습니다. 따라서 친구의 기쁨을 진심으로 기뻐해 준 경험을 찾습니다.
4. ㉠, ㉡, ㉢은 책의 내용입니다.

4주 140~141쪽 독해력 쑥쑥

1. ④ 2. ① 3. ④ 4. ①

1. 작가에게 바라는 글쓴이의 마음은 나타나 있지 않습니다.
2. 첫 문단에서 엄마가 가장 좋아하는 작가인 박완서 선생님이 쓰신 책이라며 추천해 주셔서 이 책을 읽게 되었다고 하였습니다.
3. 잘못된 상황을 자기 탓으로 생각한 경험을 찾습니다.
4. ㉡에 이어지는 내용에 자기 자전거를 자기가 훔친 것은 수남이의 잘못이 아니라 어른들의 잘못이라고 한 까닭이 나타나 있습니다.

짝짝짝~, 축하합니다!
최고의 독해 능력자가 되었네요.
그동안 고생했어요!

홈스쿨링 으로 빈틈없이 채우는 초등 공부 실력

세토 시리즈

통합 학습역량 강화 프로그램

기초 학습서 초등 기초 학습능력과 배경지식 UP!

독서논술

급수 한자

쓰기

역사탐험

교과 학습서 초등 교과 사고력과 문제해결력 UP!

초등 독해력

초등 어휘

초등 한국사